UNE VIE
DE BOY

FERDINAND OYONO

UNE VIE DE BOY

JULLIARD

© by René Julliard, 1956.

ISBN 2-266-02583-X

C'était le soir. Le soleil avait disparu derrière les hautes cimes. L'ombre épaisse de la
forêt envahissait Akoma. Des bandes de tou-
cans fendirent l'espace à grands coups d'aile
et leurs cris plaintifs moururent peu à peu. La
dernière nuit de mes vacances en Guinée espagnole descendait furtivement. J'allais bientôt quitter cette terre où nous autres « Français » du Gabon ou du Cameroun venions
faire peau neuve quand rien n'allait plus avec
nos compatriotes blancs.

C'était l'heure du repas habituel de bâtons
de manioc au poisson. Nous mangions en
silence car la bouche qui parle ne mange pas.
Le chien de la case, vautré entre mes jambes,
suivait d'un regard envieux les morceaux de
poisson qui disparaissaient dans la bouche de
mon hôte, son maître. Tout le monde était

*repu. A la fin du repas, nous rotâmes à tour
de rôle tout en nous grattant le ventre avec
l'auriculaire (1). La maîtresse de maison nous
remercia d'un sourire. La veillée s'annonçait
gaie et fertile en contes de la forêt. Nous fai-
sions semblant d'oublier mon départ. Je me
laissais gagner par la joie facile de mes hôtes.
Ils ne pensaient plus qu'à se grouper autour
du foyer pour rabâcher les sempiternelles
aventures de la tortue et de l'éléphant.*

*— Nous n'avons plus de clair de lune, dit
mon hôte, nous aurions dansé en l'honneur de
ton départ...*

*— Si on faisait un grand feu dans la cour?
suggéra sa femme.*

*— Je n'y ai pas pensé pendant le jour, il
n'y a plus de bois...*

*Sa femme soupira... Tout à coup, les roule-
ments sinistres d'un tam-tam nous parvinrent.
Bien que ne sachant pas traduire le message
du tam-tam de mes congénères espagnols, je
compris à l'expression bouleversée des visa-
ges que ce tam-tam annonçait quelque malheur.*

*— Madre de Dios! jura Anton en se
signant.*

*Sa femme fit disparaître ses prunelles en se
signant à son tour. Je portai machinalement
la main à mon front.*

— Madre de Dios! redit Anton en se tour-

---

1. Geste de politesse pour manifester qu'on a bien mangé.

nant vers moi. Encore l'un de ces pauvres Françés... On annonce qu'un Françés est au plus mal et qu'on n'est pas sûr qu'il passera la nuit.

Le sort de cet homme qui ne m'était rien, que je ne connaissais pas, provoqua dans mon esprit un véritable désarroi. C'était curieux. Ce message d'agonie qui, au Cameroun, n'eût provoqué en moi qu'un semblant d'émotion — cette pitié lointaine que l'on ressent à l'agonie des autres — m'assommait sur cette terre espagnole.

— Le tam-tam vient de M'foula, cela m'étonne, poursuivit mon hôte. Il n'y avait pas de Françés à M'foula, que je sache. Celui qui agonise doit y être arrivé ce matin. Demain, nous saurons tout cela.

Tous les yeux étaient fixés sur moi, avec cette expression de compassion muette que nous savons leur donner. Je me levai et demandai à Anton si M'foula était loin.

— Juste la grande forêt à traverser... La lampe est pleine de pétrole...

Cet homme lisait vraiment dans mon âme.

Armés de lances, nous nous mîmes en route, précédés d'un gamin qui tenait une vieille lampe-tempête dont la lumière falote éclairait faiblement notre piste. Nous traversâmes deux villages. Les gens que nous rencontrions et qui reconnaissaient Anton s'enquéraient du motif de ce voyage nocturne. Ils parlaient un baragouin d'espagnol et de pahouin mêlés, où revenait le mot « Françés ». Tout le monde se signait. Mais aussitôt qu'ils nous quittaient, nos amis de rencontre oubliaient leur mine dramatique et nous lançaient un jovial « Buenas tardes! » Notre piste pénétra dans la forêt.

— Déjà fatigué? me demanda Anton. C'est maintenant que nous nous mettons en route...

Notre piste sortit enfin de la forêt, serpenta dans une lande où les essessongos atteignaient la hauteur des arbres. Les roulements du tam-tam devenaient de plus en plus distincts. Nous débouchâmes dans une clairière. Le cri lugubre d'un hibou troubla l'un des silences intermittents qui succédaient aux battements sourds du tam-tam. Anton partit d'un grand éclat de rire dont l'écho se répercuta à plusieurs reprises parmi les géants de la forêt. Il abreuva l'oiseau nocturne d'un flot d'injures comme s'il se fût adressé à un homme.

— C'est le pauvre Pedro! dit-il entre deux éclats de rire. Il est mort, le coquin, il y a deux semaines. Il avait emmerdé le prêtre que nous étions allés chercher pour le salut de son âme. Sa femme lui avait même brûlé les ongles pour tenter de lui arracher sa conversion. Il n'y a eu rien à faire. Le bougre a tenu, il a crevé païen. Maintenant qu'il s'est transformé en hibou et qu'il crève de froid dans

cette épaisse forêt, il n'y a que le prêtre qui
puisse encore faire quelque chose, si sa veuve
se décide enfin à faire dire une messe...
Pauvre Pedro...

Je ne répondis rien à cette leçon de
métempsycose en pleine nuit dans la forêt
équatoriale. Nous contournâmes une brousse
en feu et nous arrivâmes. En tout, M'foula
était semblable aux villages que nous avions
traversés, avec ses cases au toit de raphia et
aux murs blanchis à la chaux, disposées
autour d'une cour souillée d'excréments
d'animaux. La masse de l'aba (1) se détachait
dans la nuit. Une animation inaccoutumée y
régnait. Nous y pénétrâmes.

Le moribond était étendu sur un lit de bambou, les yeux hagards, recroquevillé sur lui-
même comme une énorme antilope. Sa chemise était maculée de sang.

— Cette odeur nous rendra malades, dit
quelqu'un.

Je n'avais jamais vu un homme agoniser.
Celui qui était devant mes yeux était un
homme qui souffrait et je ne le voyais nulle-
ment transfiguré par quelque lumière d'outre-
tombe. Il me semblait être encore assez ca-
pable d'énergie pour renoncer au grand
voyage.

Il toussa. Du sang s'échappa de ses lèvres.
Le gamin qui nous accompagnait posa la

1. Case à palabres.

lampe à côté du moribond. Celui-ci fit un
effort surhumain pour se couvrir les yeux.
J'éloignai la lampe, et je baissai la mèche.
L'homme était jeune. Je me penchai pour lui
demander s'il avait besoin de quelque chose.
Une odeur nauséabonde de putréfaction
m'obligea à allumer une cigarette. Il se tourna
vers moi. Au fur et à mesure qu'il me détail-
lait, il semblait sortir de l'état comateux où
nous l'avions trouvé. Il esquissa un faible sourire et toussa encore. Il allongea une main
tremblante qui vint caresser mon pantalon à
la hauteur du genou.

— Un Français, un Français... haletait-il,
du Cameroun sans doute?

J'acquiesçai en hochant la tête.

— Je l'ai vu... je l'ai reconnu, mon frère, à
ta gueule... De l'arki, je veux de l'arki (1)...

Une femme me passa un gobelet d'une
gnole sentant la fumée. Je la lui versai dans
la bouche. C'était un connaisseur! Malgré sa
souffrance, il me fit un clin d'œil. Il semblait
avoir repris ses forces. Avant qu'il ne m'appe-
lât pour que je l'aide à s'asseoir, il avait déjà
commencé à se soulever sur son coude. Je
passai mon bras autour de ses épaules et le
tirai contre le mur où il s'adossa. Son regard
atone étincela soudain. Il ne me quitta plus.

— Mon frère, commença-t-il, mon frère

1. Alcool de maïs et de banane.

*que sommes-nous? Que sont tous les nègres
qu'on dit français?...*

Son ton se fit amer.

A vrai dire, dans ma juvénile insouciance,
je ne m'étais jamais posé cette question. Je
me sentis devenir stupide.

— *Tu vois, mon frère,* continua-t-il, *je
suis... je suis fichu... Ils m'ont eu...* — Il me
montrait son épaule. — *Je suis quand même
heureux de crever loin d'eux... Ma mère me
disait toujours que ma gourmandise me
conduirait loin. Si j'avais pu prévoir qu'elle
me conduirait au cimetière... Elle avait raison, ma pauvre mère...*

Un hoquet le secoua et il pencha la tête sur
son épaule. Il se racla la gorge.

— *Je suis du Cameroun, mon frère. Je suis
Maka... J'aurais sûrement fait de vieux os si
j'étais resté sagement au village...*

Il se perdit dans une rêverie qui fut inter-
rompue par une quinte de toux. Puis sa respiration redevint normale. Je l'aidai à s'allonger. Il ramena ses bras décharnés sur sa poitrine et les croisa. Il nous oublia dans la
contemplation des nattes de raphia du toit
noirci par la suie. Je remontai la mèche de la
lampe dont la lumière devenait de plus en
plus clignotante. Elle éclaira le bord du lit de
bambou où gisait l'agonisant. Son ombre se
projeta sur le mur lézardé de l'aba où cou-
raient deux araignées. Leurs ombres démesu-
rément agrandies ressemblaient à deux

pieuvres dont les tentacules tombaient comme les branches d'un saule pleureur sur l'ombre simiesque de la tête du moribond.

Il fut pris de spasmes, tressaillit et expira. On l'enterra dans la nuit, on ne pouvait le garder jusqu'au lendemain. Il était une charogne avant d'être un cadavre.

J'appris qu'on l'avait découvert inanimé près de la frontière, dans la zone espagnole. On me remit un baluchon kaki.

— Y en a été uno alumno, me dit gravement celui qui l'avait trouvé.

J'ouvris le paquet. J'y trouvai deux cahiers racornis, une brosse à dents, un bout de crayon et un gros peigne indigène en ébène.

C'est ainsi que je connus le journal de Toundi. Il était écrit en ewondo, l'une des langues les plus parlées au Cameroun. Je me suis efforcé d'en rendre la richesse sans trahir le récit dans la traduction que j'en fis et qu'on va lire.

LE JOURNAL DE TOUNDI

(Premier cahier)

Août.

MAINTENANT que le révérend père Gilbert m'a dit que je sais lire et écrire couramment, je vais pouvoir tenir comme lui un journal.

— Je ne sais quel plaisir cache cette manière de Blanc, mais essayons toujours.

J'ai jeté un coup d'œil dans le journal de mon bienfaiteur et maître pendant qu'il confessait ses fidèles. C'est un véritable grenier aux souvenirs. Ces Blancs savent tout conserver... J'ai retrouvé ce coup de pied que me donna le père Gilbert parce qu'il m'avait aperçu en train de le singer dans la sacristie. J'en ai senti à nouveau une brûlure aux fesses. C'est curieux, moi qui croyais l'avoir oublié...

-:-

Je m'appelle Toundi Ondoua. Je suis le fils de Toundi et de Zama. Depuis que le Père m'a baptisé, il m'a donné le nom de Joseph. Je suis Maka par ma mère et Ndjem par mon père. Ma race fut celle des mangeurs d'hommes. Depuis l'arrivée des Blancs nous avons compris que tous les autres hommes ne sont pas des animaux.

Au village, on dit de moi que j'ai été la cause de la mort de mon père parce que je m'étais réfugié chez un prêtre blanc à la veille de mon initiation où je devais faire connaissance avec le fameux serpent qui veille sur tous ceux de notre race. Le père Gilbert, lui, croit que c'est le Saint-Esprit qui m'a conduit jusqu'à lui. A vrai dire, je ne m'y étais rendu que pour approcher l'homme blanc aux cheveux semblables à la barbe de maïs, habillé d'une robe de femme, qui donnait de bons petits cubes sucrés aux petits Noirs. Nous étions une bande de jeunes païens à suivre le missionnaire qui allait de case en case pour solliciter des adhésions à la religion nouvelle. Il connaissait quelques mots Ndjem, mais il les prononçait si mal qu'il leur donnait un sens obscène. Cela amusait tout le monde, ce qui lui assurait un certain succès. Il nous lançait ses petits cubes sucrés comme on jette du grain aux poules. C'était une véri-

table bataille pour s'approprier l'un de ces
délicieux morceaux blancs que nous gagnions
au prix de genoux écorchés, d'yeux tuméfiés,
de plaies douloureuses. Les scènes de distribution dégénéraient parfois en bagarres où
s'opposaient nos parents. C'est ainsi que ma
mère vint un jour à se battre contre la mère
de Tinati, mon compagnon de jeu, parce qu'il
m'avait tordu le bras pour me faire lâcher les
deux morceaux de sucre que j'avais pu avoir
au prix d'une hémorragie nasale. Cette bataille avait failli tourner en massacre car des
voisins luttaient contre mon père pour
l'empêcher d'aller fendre la tête au père de
Tinati qui, lui-même, parlait de transpercer
l'abdomen de Papa d'un seul coup de sagaie.
Quand on eut calmé nos parents, mon père,
l'œil mauvais, armé d'un rotin, m'invita à le
suivre derrière la case.

— C'est toi, Toundi, la cause de toute cette
histoire! Ta gourmandise nous perdra. On
dirait que tu ne manges pas assez ici! Tu
éprouves encore le besoin, à la veille de ton
initiation, de traverser un ruisseau pour aller
quémander des morceaux de sucre à cet
homme-femme blanc que tu ne connais même
pas!

Je le connaissais, lui, mon père! Il avait la
magie du fouet. Quand il s'en prenait à ma
mère ou à moi, nous en avions au moins pour
une semaine à nous remettre. J'étais à une
bonne distance de sa chicotte. Il la fit siffler

dans l'air et s'avança sur moi. Je marchais à reculons.

— Tu veux t'arrêter, oui? Je n'ai pas de bonnes jambes pour te poursuivre... Tu sais bien que je t'attendrai cent ans pour te donner ta correction. Viens ici pour qu'on en finisse vite!

— Je n'ai rien fait, Père, pour être battu... protestai-je.

— Aaaaaaaaaaaakiéééééé!... s'exclama-t-il. Tu oses dire que tu n'as rien fait? Si tu n'avais pas été le gourmand que tu es, si tu n'avais pas le sang des gourmands qui circule dans les veines de ta mère, tu n'aurais pas été à Fia pour disputer, comme un rat que tu es, ces choses sucrées que vous donne ce maudit Blanc! On ne t'aurait pas tordu les bras, ta mère ne se serait pas battue et moi je n'aurais pas éprouvé l'envie d'aller fendre le crâne du vieux Tinati... Je te conseille de t'arrêter!... Si tu fais encore un pas, je considérerai cela comme une injure et que tu peux coucher avec ta mère...

Je m'arrêtai. Il se précipita sur moi et fit siffler le rotin sur mes épaules nues. Je me tortillais comme un ver au soleil.

— Tourne-toi et lève les bras! Je n'ai pas envie de te crever un œil.

— Pardonne-moi, Père! suppliai-je, je ne le ferai plus...

— Tu dis toujours cela quand je commence

à te battre. Mais aujourd'hui, je dois te battre
jusqu'à ce que je ne sois plus en colère...

Je ne pouvais pas crier car cela aurait pu
ameuter les voisins et mes camarades
m'auraient traité de fille, ce qui signifiait
l'exclusion de notre groupe « Jeunes-qui-
seront-bientôt-des-hommes ». Mon père me
donna un autre coup que j'esquivai de jus-
tesse.

— Si tu esquives encore, c'est que tu peux
coucher avec ta grand-mère, ma mère !

Pour m'empêcher de me sauver, mon père
usait toujours de ce chantage qui m'obligeait
à me livrer gentiment à ses coups.

— Je ne t'ai pas insulté et je ne peux pas
coucher avec ma mère, ni avec la tienne ! Et
je ne veux plus être battu et c'est tout !

— Tu oses me parler sur ce ton ! Une goutte
de mon liquide qui me parle ainsi ! Arrête-toi
ou je te maudis !

Mon père suffoquait. Jamais je ne l'avais vu
aussi exaspéré... Je continuai ma marche à
reculons. Il me poursuivit ainsi derrière les
cases pendant une bonne centaine de mètres.

— Bien ! lança-t-il, je verrai où tu passeras
la nuit ! Je dirai à ta mère que tu nous as
insultés. Pour entrer dans la case, ton chemin
passe par le trou de mon anus.

Sur ce, il me tourna le dos. Je ne savais où
me réfugier. J'avais un oncle que je n'aimais
pas à cause de ses croûtes de gale. Sa femme
sentait, comme lui, le poisson avarié. Il me

répugnait d'entrer dans leur masure. Il faisait nuit. La lumière intermittente des lucioles devenait visible. Le bruit des pilons annonçait le repas du soir. Je revins doucement derrière notre case et regardai à travers les lézardes du mur de terre battue. Mon père me tournait le dos. L'oncle dégoûtant était en face de lui. Ils mangeaient... L'arôme du porc-épic que nous avions trouvé à moitié dévoré par les fourmis, pris depuis deux jours à l'un des pièges de mon père, me donnait de l'appétit. Ma mère était réputée au village pour son assaisonnement du porc-épic...

— C'est bien le premier de la saison! dit mon oncle, la bouche pleine.

Sans mot dire, mon père pointa son index au-dessus de sa tête. C'était à cet endroit qu'il alignait tous les crânes des bêtes qu'il prenait au piège.

— Mangez tout, dit ma mère, j'ai gardé la part de Toundi dans la marmite.

Mon père se leva d'un bond et, à son bégaiement, je compris que ça allait barder.

— Apporte la part de Toundi ici! cria mon père. Il ne mangera pas de ce porc-épic. Cela lui apprendra à me désobéir.

— Tu sais, il n'a encore rien mangé depuis ce matin. Que mangera-t-il quand il rentrera?

— Rien du tout, coupa mon père.

— Si vous voulez qu'il vous obéisse, ajouta

mon oncle, privez-le de nourriture... Ce porc-
épic est fameux...

Ma mère se leva et leur apporta la marmite.
Je vis la main de mon père et celle de mon
oncle y plonger. Puis j'entendis ma mère
pleurer. Pour la première fois de ma vie, je
pensai à tuer mon père.

Je retournai à Fia et... après avoir longtemps hésité, je frappai à la case du prêtre
blanc. Je le trouvai en train de manger. Il
s'étonna de ma visite. Je lui expliquai par
gestes que je voulais partir avec lui. Il riait de
toutes ses dents, ce qui donnait à sa bouche
une apparence de croissant de lune. Je me
tenais coi près de la porte. Il me fit signe
d'approcher. Il me donna les restes de son
repas qui me parut étrange et délicieux. Par
gestes nous poursuivîmes notre conversation.
Je compris que j'étais agréé.

C'est ainsi que je devins le boy du révérend
père Gilbert.

Le lendemain, la nouvelle parvint à mon
père. Je redoutais sa colère... Je l'expliquai au
prêtre toujours en gesticulant. Cela l'amusait
beaucoup. Il me tapota amicalement l'épaule.
Je me sentis protégé.

Mon père vint l'après-midi. Il se borna à me
dire que j'étais et resterais son fils, c'est-à
dire sa goutte de liquide... qu'il ne m'en vou
lait pas et que si je rentrais au bercail, tout
serait oublié. Je savais ce que signifiait ce

beau discours devant le Blanc. Je lui tirai la
langue. Son œil devint mauvais comme
d'habitude lorsqu'il se préparait à « m'apprendre à vivre ». Mais, avec le père Gilbert,
je ne craignais rien. Son regard semblait fas-
ciner mon père qui baissa la tête et s'éloigna
tout penaud.

Ma mère vint me voir pendant la nuit. Elle
pleurait. Nous pleurâmes ensemble. Elle me
dit que j'avais bien fait de quitter la case
paternelle, que mon père ne m'aimait pas
comme un père devrait aimer son fils, qu'elle
me bénissait et que si un jour je tombais
malade je n'aurais qu'à me baigner dans une
rivière pour être guéri...

Le père Gilbert me donna une culotte kaki
et un tricot rouge qui firent l'admiration de
tous les gamins de Fia qui vinrent demander
au prêtre de les emmener avec lui.

Deux jours plus tard, le père Gilbert me
prit sur sa motocyclette dont le bruit semait
la panique dans tous les villages que nous
traversions. Sa tournée avait duré deux
semaines. Nous rentrions à la Mission catholique Saint-Pierre de Dangan. J'étais heureux,
la vitesse me grisait. J'allais connaître la ville
et les Blancs, et vivre comme eux. Je me surpris à me comparer à ces perroquets sauvages
que nous attirions au village avec des grains
de maïs et qui restaient prisonniers de leur
gourmandise. Ma mère disait souvent en

riant : « Toundi, ta gourmandise te conduira loin... »

Mes parents sont morts. Je ne suis jamais retourné au village.

-:-

Maintenant que je suis à la Mission catholique Saint-Pierre de Dangan, je me réveille tous les matins à cinq heures, et même plus tôt parfois quand tous les prêtres sont à la Mission. Je sonne Jésus, la petite cloche suspendue à l'entrée de la sacristie, puis j'attends le premier père pour la messe. Il m'arrive de servir trois ou quatre messes par jour. La peau de mes genoux est devenue aussi dure que celle d'un crocodile. Maintenant j'ai l'impression de m'agenouiller sur des coussins.

J'aime surtout la distribution de la communion le dimanche. Tous les fidèles se présentent à la Sainte Table, yeux fermés, bouche ouverte, langue tendue, comme s'ils faisaient une grimace. Les Blancs ont leur Sainte Table à part. Ils n'ont pas de belles dents. J'aime caresser les jeunes filles blanches sous le menton avec la patène que je leur présente lorsque le prêtre leur introduit l'hostie dans la bouche. C'est le boy d'un prêtre Yaoundé qui m'a appris le truc. C'est par ce moyen que nous pouvons les caresser...

Une vieille femme de la Sixa (1) nous prépare à manger. Nous préférons les reliefs du repas des prêtres. C'est là que nous pouvons trouver des morceaux de viande.

-:-

Je dois ce que je suis devenu au père Gilbert. Je l'aime beaucoup, mon bienfaiteur. C'est un homme gai qui, lorsque j'étais petit, me considérait comme un petit animal familier. Il aimait tirer mes oreilles et, pendant ma longue éducation, il s'est beaucoup amusé de mes émerveillements.

Il me présente à tous les Blancs qui viennent à la Mission comme son chef-d'œuvre. Je suis son boy, un boy qui sait lire et écrire, servir la messe, dresser le couvert, balayer sa chambre, faire son lit... Je ne gagne pas d'argent. De temps en temps, le prêtre me fait cadeau d'une vieille chemise ou d'un vieux pantalon. Le père Gilbert m'a connu nu comme un ver, il m'a appris à lire et à écrire... Rien ne vaut cette richesse, bien que je sache maintenant ce que c'est que d'être mal habillé...

---

1. Espèce d'internat pour les futures chrétiennes, à marier ou non, et les chrétiennes ayant quitté leur famille païenne.

-:-

Aujourd'hui, le père Vandermayer est rentré de la brousse. Il a amené cinq femmes — chrétiennes, paraît-il — qu'il a enlevées à leur mari polygame. La Sixa compte cinq pensionnaires de plus. Si elles savaient les travaux qui les attendent ici, elles seraient restées avec leur mari!

Le père Vandermayer est l'adjoint du père Gilbert. Il a la plus belle voix de la Mission. C'est lui qui célèbre la messe aux grandes fêtes. C'est tout de même un drôle de type, ce père Vandermayer... Il n'admet pas qu'un autre que lui ramasse l'argent le dimanche quand ce n'est pas lui qui dit la grand-messe. Un jour où je l'avais fait à sa place, il m'avait fait venir dans sa chambre où il m'avait déshabillé pour me fouiller. Il m'avait flanqué d'un catéchiste pendant toute la journée pour le cas où j'aurais avalé des pièces de monnaie...

Il est le censeur des boys et des fidèles de la paroisse. Il n'a jamais réussi à m'avoir. Je ne pourrais jamais supporter ce qu'il fait à ceux dont il sanctionne les actes. Il a la manie de battre les chrétiennes adultères, les indigènes bien sûr... Il les fait mettre nues dans son bureau, tout en répétant dans un mauvais Ndjem : « Quand tu as baisé, as-tu eu honte devant Dieu? » Le dimanche après la messe est devenue une terrible journée pour les

fidèles dont le père Vandermayer est le directeur de conscience...

–:–

J'ai vu une très belle fille à la Sainte Table
des Noirs. Je lui ai caressé le dessous du menton avec la patène comme nous le faisons aux
petites Blanches. Elle a ouvert un œil et l'a
refermé aussitôt. Il faut absolument qu'elle
revienne communier...

–:–

Le père Vandermayer a eu un accès de paludisme. Il a crié des obscénités toute la nuit. Le
père Gilbert nous a interdit de rôder autour
de sa chambre...

–:–

Mon père, mon bienfaiteur, le révérend
père Gilbert est mort. On l'a trouvé ensan-
glanté, écrasé sur sa motocyclette par l'une
des branches du fromager géant que les indigènes appellent « le broyeur des Blancs ». On
raconte que deux Blancs, Grecs ceux-là,
avaient déjà subi le sort du père Gilbert. Dans
une atmosphère calme, le fromager avait
lâché une de ses branches comme une massue
titanesque sur la voiture des Grecs juste au
moment où elle passait sous son ombre. On ne

releva que deux pâtés dans du drill (1) au milieu de la ferraille. Le commandant, qui était à Dangan à l'époque, parla d'abattre le fromager. Après l'enterrement des Grecs, tout fut oublié... jusqu'à ce matin.

Tous les jeudis, le père Gilbert se rendait en personne à Dangan pour aller chercher le courrier de la Mission. Comme il était heureux à la pensée d'avoir une lettre de chez lui!... Dès que nous avions fini d'officier, il courait au garage et sortait sa motocyclette en s'essoufflant. Il m'appelait alors pour la tenir pendant qu'il remontait sa soutane jusqu'à la ceinture tout en dévoilant ses jambes velues et son short kaki. Quand il était prêt, il reprenait son engin, s'asseyait lourdement dessus et m'ordonnait de le pousser jusqu'à ce que la pétarade devînt régulière. Il disparaissait à folle allure, me laissant un nuage de fumée et de poussière dont l'odeur d'essence me retournait le cœur.

Ce matin, le démarrage avait été plus difficile que d'habitude. Le père Gilbert était descendu plusieurs fois de sa motocyclette et avait manipulé quelque chose dans le moteur. J'étais en nage à force de le pousser. Il jurait, tempêtait, traitait sa motocyclette de tous les noms. Jamais je ne l'avais vu aussi énervé. Enfin, après deux ou trois soubresauts et un bruit de tonnerre, il démarra en trombe et je

---

1. Toile blanche.

perçus à travers la fumée son buste légère-
ment courbé qui s'éloignait à vive allure
comme celui d'un cul-de-jatte enchanté... Qui
m'aurait dit que c'était la dernière image que
j'aurais du père Gilbert?

Il était environ dix heures quand le chef
des catéchistes, celui dont m'avait flanqué le
père Vandermayer, fonça en gueulant sur la
grille de la villa des prêtres. Il se roula par
terre en criant: « Mon Père... mon Père... » Le
père Vandermayer sortit précipitamment tout
en l'abreuvant d'injures, de ces injures dont il
avait le secret. Je croyais que Martin était
saoul. On disait qu'il roulait ainsi dans sa case
chaque fois qu'il avait bu. Le père Vandermayer ouvrit la grille en jurant puis
empoigna Martin par la veste.

— Le Père... mon Père... est... est... mort...
bégayait Martin, dans... dans...

Le père Vandermayer ne le laissa pas finir.
Il lui décocha un coup de pied en lui indi-
quant du doigt la piste qui conduit au quartier de tous ceux qui travaillent à la Mission.

— Va te saouler ailleurs! Va te saouler
chez toi, imbécile! fulminait le père Vandermayer en le poussant par le dos.

C'est à ce moment que l'ambulance de
l'hôpital, suivie de toutes les voitures de Dangan, apparut dans la cour de l'église. Tout
mon sang s'en alla, mes genoux fléchirent...

Non, ce n'était pas possible que le père
Gilbert fût mort...

Je courus vers l'ambulance, vers ce bran-
card où était allongé ce Blanc qui, pour moi,
était tout. Je me heurtai à un Blanc au long
cou, puis à un autre, une espèce de masse
ocre, qui me repoussèrent, le premier avec le
fouet qu'il ne doit jamais quitter, le second
avec un simulacre de coup de pied...

Toute la Mission catholique Saint-Pierre
de Dangan était là. Les femmes de la Sixa
avaient bousculé les vieux catéchistes et pleu-
raient toutes leurs larmes autour des Blancs.
Il y avait là tous ceux qui voulaient montrer
leur attachement au père défunt: hommes de
peine aux larmes difficiles et dont les gri-
maces témoignaient des efforts qu'ils faisaient
pour que l'émail de leurs yeux devînt humide,
catéchistes au regard bête qui caressaient
mollement leur chapelet, catéchumènes un
peu mystiques qui escomptaient peut-être un
miracle auquel ils auraient la chance d'assis-
ter, manœuvres dont l'air malheureux obli-
gera sûrement le père Vandermayer à leur
compter ce jour dans leur paye. Il y avait
aussi tous ceux qui n'avaient jamais vu le
cadavre d'un Blanc et encore moins celui d'un
prêtre blanc; ils étaient les plus nombreux.
Tous ces individus piaillaient autour des
Blancs. Le Blanc au long cou parla à l'un des
gardes qui étaient dans sa voiture. Le garde
alla compter dix pas en marchant contre la

foule qui recula une, deux, trois... dix fois.
Deux infirmiers transportèrent le corps du
père Gilbert dans sa chambre. Les Blancs les
suivirent. Le père Vandermayer les conduisit
au salon. Quelques instants plus tard, il en
ressortit, descendit l'escalier de quatre marches puis harangua la foule.

— Notre Père à tous, commença-t-il en se
caressant les doigts, notre Père à tous est
mort. Prions, mes frères, prions pour lui, car
Dieu est juste, il donne à chacun ce qui lui est
dû...

Il se caressa les cheveux et passa aux
ordres :

— Allez à l'église... Priez, mes frères.
Prions pour lui, prions pour notre Père a
tous qui reposera dans cette Mission parmi
vous tous qu'il a tant aimés...

Il se caressa les yeux. Les cris redou-
blèrent.

— Dieu est juste, reprit-il. Il est éternel.
Que sa volonté soit faite...

Il fit un signe de croix et la foule l'imita. Il
remonta l'escalier. A la dernière marche, ses
mains descendirent sur ses fesses et lissèrent
sa soutane.

Martin, le chef des catéchistes, pleurait à
côté de moi. Je ne sais comment il se trouvait
là au lieu d'être en train de diriger les prières
de ses collègues. Il avait déboutonné sa vieille
veste, des larmes coulaient le long de son
ventre ridé et pénétraient sous le nœud qu'il

avait fait avec son pagne sur son pubis grisonnant.

— Il ne me reste plus qu'à m'en aller, psalmodiait-il. Il ne me reste plus qu'à mourir... Je savais bien que quelqu'un allait mourir, les chimpanzés ont crié toute la nuit... Il ne me reste plus qu'à m'en aller, il ne me reste plus qu'à mourir...

La foule s'engouffra dans l'église. Les Blancs s'en allèrent. Un seul resta pour surveiller le travail des menuisiers qui traversèrent la cour avec des planches et des plaques de tôle. Deux gardes, baïonnettes au canon, faisaient les cent pas sur la véranda devant la chambre où reposait le corps.

L'enterrement aura lieu demain à quatre heures. Les gardes m'ont éloigné à deux reprises. Le père Vandermayer n'a rien dit...

-:-

Après l'enterrement.

On a enterré mon bienfaiteur dans le coin du cimetière réservé aux Blancs. La tombe du révérend père Gilbert voisine avec celle de la fille que M. Diamond avait eue de sa maîtresse et qu'il avait reconnue... C'est le père Vandermayer qui a dit l'office des morts. Tous les Blancs de Danan étaient là, même ceux de la Mission protestante américaine.

C'est maintenant seulement que je réalise

que le père Gilbert est bien mort. Depuis hier,
je n'ai plus entendu sa voix. La Mission catholique est en deuil... Quant à moi, c'est plus
qu'un deuil, je suis mort une première
fois...

J'ai revu ma belle communiante à l'enterrement. Elle a encore fermé son œil. Elle est
stupide...

–:–

Le nouveau commandant a besoin d'un boy.
Le père Vandermayer m'a dit de me présenter à la Résidence demain. Cela me soulage
car, deuis la mort du père Gilbert, la vie à la
Mission m'est devenue intolérable. C'est sans
doute aussi un bon débarras pour le père
Vandermayer...

Je serai le boy du chef des Blancs : le chien
du roi est le roi des chiens.

Je quitterai la Mission ce soir. J'habiterai
désormais chez mon beau-frère au quartier
indigène. C'est une nouvelle vie qui commence pour moi.

Mon Dieu, que votre volonté soit faite...

–:–

Enfin, ça y est! Le commandant m'accepte
définitivement à son service. Cela s'est passé
à minuit. J'avais fini mon travail et m'apprêtais à partir au quartier indigène quand le

commandant m'invita à le suivre dans son bureau. Ce fut un terrible moment à passer.

Après m'avoir longuement observé, mon nouveau maître me demanda à brûle-pourpoint si j'étais un voleur.

— Non, commandant, répondis-je.

— Pourquoi n'es-tu pas un voleur?

— Parce que je ne veux pas aller en enfer.

Le commandant sembla sidéré par ma réponse. Il hocha la tête, incrédule.

— Où as-tu appris ça?

— Je suis chrétien, mon Commandant, répondis-je en exhibant fièrement la médaille de saint Christophe que je porte à mon cou.

— Alors, tu n'es pas un voleur parce que tu ne veux pas aller en enfer?

— Oui, mon Commandant.

— Comment est-ce, l'enfer?

— Ben, c'est les flammes, les serpents et Satan avec des cornes... J'ai une image de l'enfer dans mon livre de prières... Je... je peux vous la montrer.

J'allais sortir le petit livre de prières de la poche arrière de mon short quand le commandant arrêta mon geste d'un signe. Il me regarda un moment à travers les volutes de fumée qu'il me soufflait au visage. Il s'assit. Je baissai la tête. Je sentais son regard sur mon front. Il croisa et décroisa ses jambes. Il me désigna un siège en face de lui. Il se pencha vers moi et releva mon menton. Il plongea ses yeux dans les miens et reprit:

— Bien, bien, Joseph, nous serons de bons amis.

— Oui, mon Commandant, merci, mon Commandant.

— Seulement si tu voles, je n'attendrai pas que tu ailles en enfer... C'est trop loin...

— Oui, mon Commandant... C'est... c'est où, mon Commandant?

Je ne m'étais jamais posé cette question. Mon maître s'amusait beaucoup de ma perplexité. Il haussa les épaules et se rejeta sur le dossier de son fauteuil.

— Alors, tu ne connais même pas l'endroit où se trouve l'enfer où tu crains de brûler?

— C'est à côté du purgatoire, mon Commandant... C'est... c'est... au ciel.

Mon maître étouffa un rire, puis, redevenant sérieux il me pénétra de son regard de panthère.

— A la bonne heure, nous y voilà. J'espère que tu as compris pourquoi je ne pourrais attendre que « petit Joseph pati rôti en enfer ».

Le commandant imitait d'une voix bizarre le petit nègre des militaires indigènes. Il était très drôle. Pour ne pas rire, je toussai très fort. Il ne s'aperçut de rien et continua :

— Si tu me volais, je t'écorcherais la peau.

— Pour ça, je suis sûr, Monsieur, si je n'ai

pas dit ça tout à l'heure, c'est que je croyais que ça ne valait même pas la peine d'être dit. Je...

— Ça va, ça va, coupa le commandant visiblement excédé.

Il se leva et commença à tourner autour de moi.

— Tu es un garçon propre, dit-il en me détaillant avec attention. Tu n'as pas de chiques, ton short est propre, tu n'as pas de gale...

Il recula de quelques pas et me toisa de nouveau.

— Tu es intelligent, les prêtres m'ont parlé de toi en termes élogieux. Je peux compter sur petit Joseph, n'est-ce pas?

— Oui, mon Commandant, répondis-je, les yeux brillants de plaisir et de fierté.

— Tu peux disposer. Sois ici tous les matins à six heures. Compris?

Quand je fus à la véranda, il me sembla que je venais de livrer une rude bataille. Le bout de mon nez transpirait.

Mon maître est trapu. Ses jambes musclées ressemblent à celles d'un marchand ambulant. C'est le genre de personne que nous appelons « souche d'acajou » parce que la souche d'acajou est si résistante qu'elle ne ploie sous aucune tornade. Je ne suis pas la tornade, Je suis la chose qui obéit.

-:-

A midi, j'ai observé mon maître de la fenêtre de la cuisine. Il montait l'interminable escalier de la Résidence. Il n'avait pas l'air de peiner comme le cuisinier et moi avons l'habitude de le faire. La force du Blanc semblait se décupler à mesure qu'il progressait dans son ascension.

Du salon, sa voix péremptoire réclama une bière. En courant la lui servir, ma casquette roula jusqu'à ses pieds. Le temps d'un éclair je vis ses yeux devenir aussi petits que ceux d'un chat au soleil. Il frappa du pied et le plancher résonna comme un tambour. J'allais me diriger vers le réfrigérateur quand, du doigt, il me montra ma casquette à proximité de son pied. J'étais mort de peur.

— Tu la ramasses, ta casquette?

— Tout à l'heure, Monsieur.

— Qu'est-ce que tu attends?

— Je vous sers d'abord votre bière, mon Commandant.

— Mais... prends ton temps me dit-il d'un air doucereux.

Je fis un pas vers lui et je revins près du réfrigérateur. Je sentais le commandant près de moi, son odeur devenait de plus en plus forte.

— Ramasse donc ta casquette!

Je m'exécutai mollement. Le commandant m'empoigna par les cheveux, me fit tournoyer, puis plongea ses yeux dans les miens.

— Je ne suis pas un ogre... Pour ne pas te décevoir, tiens!

Sur ce, le commandant me décocha un coup de pied dans les tibias qui m'envoya rouler sous la table. Le commandant a un coup de pied plus brûlant que celui du regretté père Gilbert. Il paraissait très content de sa performance. Il se trémoussait. Il me demanda ensuite d'une voix neutre si j'étais enfin prêt à lui servir sa bière. Je riais jaune. Il ne fit plus attention à moi. Quand je lui eus servi sa bière, il se leva et posa la main sur mon épaule.

— Joseph, commença-t-il, agis comme un homme, et surtout pense à ce que tu fais, hein?

J'ai ôté mon tablier à minuit. J'ai souhaité une bonne nuit au commandant.

–:–

La nuit dernière, le quartier indigène a reçu la visite de Gosier-d'Oiseau, le commissaire de police. Il doit ce nom à son cou interminable et souple comme celui de nos pique-bœufs... Donc Gosier-d'Oiseau est descendu avec ses hommes au quartier noir. J'avais quitté la Résidence à minuit. Quand j'arrivai chez moi, tout dormait. Je m'allongeai mais ne parvins pas à m'endormir. Je fermai les

yeux et attendis le sommeil. Il vint un moment
où je ne savais si je dormais ou si j'étais
éveillé. J'entendis comme dans un rêve un
crissement de freins. La case fut inondée de
lumière comme pendant les nuits de pleine
lune. Je me levai et me dirigeai à pas feutrés
vers la porte. On y frappa de violents coups
de l'extérieur.

— Ouvrez, ouvrez! criait-on.

Je revins furtivement en arrière pour aller
prévenir mon beau-frère. Je fus étonné de le
trouver éveillé.

— C'est Gosier-d'Oiseau et ses hommes, lui
murmurai-je à l'oreille.

Nous allâmes ouvrir la porte sur laquelle
nos visiteurs donnaient libre cours à leur
impatience. La porte céda plutôt que je ne
l'ouvris. Précédé de quatre gardes foulbé,
Gosier-d'Oiseau se rua dans ma petite case. Je
m'effaçai derrière la porte tandis que mon
beau-frère et ma sœur, à moitié morts de peur,
regardaient Gosier-d'Oiseau et ses hommes
bouleverser notre pauvre mobilier. Ils renver-
sèrent la vieille touque à pétrole et l'eau
qu'elle contenait inonda ma natte. Gosier-
d'Oiseau donna un coup de pied sur une gar-
goulette qui vola en morceaux. Il dit à l'un de
ses hommes de retourner le tas des régimes
de bananes. Il cueillit un fruit et l'avala goulû-
ment. Je tremblai pour ma sœur dont les
yeux ne quittaient pas la pomme d'Adam
hypertophiée du Blanc. Elle se gonflait et se

dégonflait comme une baudruche à mesure que Gosier-d'Oiseau avalait. Il jeta la peau et pirouetta deux fois sur lui-même, puis nous désigna du doigt. Le garde qui portait un galon rouge me tira de derrière la porte et me poussa devant son chef. Gosier-d'Oiseau me braqua sa puissante torche électrique sur le visage. Je cillai et instinctivement je rejetai la tête en arrière.

— Ton nom? me demanda le gradé noir qui faisait office d'interprète.

— Toundi.

— Toundi comment? demanda le commissaire.

— Toundi Joseph, boy du commandant.

Gosier-d'Oiseau fronça les sourcils. Le Noir gradé confirma ce que je disais avec un :

— Y en a vérité, Sep (1).

Le Blanc me tourna le dos et dirigea le faisceau lumineux sur la zone d'ombre où s'étaient réfugiés mon beau-frère et ma sœur.

— C'est ma sœur et l'homme qui est son mari...

— Y en a vérité, Sep, dit encore le gradé noir.

— Bien, dit Gosier-d'Oiseau en lançant sur son collègue noir une œillade courroucée. Bon, bon, disait-il en nous considérant tour à tour.

1. Chef.

Il cueillit une autre banane et commença à la manger. Les yeux de ma sœur se remirent à s'agrandir et moi à avoir peur. Gosier-d'Oiseau tourna les talons, plia son long cou et s'en fut. Le bruit des moteurs alla décroissant puis ce fut le silence.

Tous les Noirs avaient gagné la forêt. C'est le gradé noir qui avait alerté le quartier avec son coup de sifflet au moment où ils étaient arrivés à notre case.

Au cours de sa rafle d'hier soir, Gosier-d'Oiseau n'a eu personne. Il a mangé des bananes...

-:-

Je me suis réveillé au premier chant du coq. Tout le monde dormait encore quand je suis arrivé à la Résidence, sauf la sentinelle qu'on entendait aller et venir dans la véranda. Le garde me reconnut et vint près de moi. Nous nous assîmes sur les marches de l'entrée et il me demanda ce que je pensais de « Zeuil-de-Panthère ». Tiens, me dis-je, c'est ainsi qu'on appelle le commandant...

— Movié (1)! s'exclama le garde, Zeuil-de-Panthère cogner comme Gosier-d'Oiseau! Lui donner moi coup de pied qui en a fait comme soufat'soud'... Zeuil y en a pas rire...

— Oui, répondis-je, la Panthère nous tient...

Le clairon du camp des gardes sonna six

---

1. Mon vieux ! (en petit nègre).

heures. J'entendis un « Boy, la douche ! » à
tout casser. Pour un Blanc, mon maître est
vraiment matinal. Plus tard, quand il revint
de la douche, il me demanda si j'avais bien
dormi.

— Oui, mon Commandant, répondis-je.

— Vraiment ? fit le commandant, un sourire au coin de la bouche.

— Oui, mon Commandant, répétai-je.

— Tu mens ! dit-il.

— Je ne mens pas, répétai-je.

— Tu mens ! dit-il.

— Je ne mens pas, mon Commandant.

— Et la rafle d'hier ?

Il haussa les épaules. Puis, méprisant, il me
traita de « pauvre bougre ». Il avala difficilement son café et engueula le cuisinier. Le café
était moins sucré que d'habitude. Après nous
avoir servi notre « Bande de fainéants ! » quotidien, le commandant sortit en claquant la
porte.

Aujourd'hui, c'est samedi. Tous les Blancs
de Dangan ont l'habitude de passer cette journée au Cercle européen dont M. Janopoulos
est le propriétaire. Tous les boys sont libres à
midi.

En rentrant au quartier indigène, j'ai rencontré Sophie, la maîtresse noire de l'ingénieur agricole. Elle semblait furieuse.

— Pas contente du congé, Sophie ? lui
demandai-je.

— Je ne suis qu'une idiote, me répondit-elle. Pour une fois que mon Blanc avait oublié les clés de son coffre dans les poches de son pantalon pendant la sieste, je ne les ai pas fouillées.

— Tu veux donc empêcher ton Blanc de retourner dans son pays?

— Je me f... de son pays comme de lui! Ça me fait mal au cœur de penser que depuis que je suis avec cet incirconcis, je n'ai pas encore trouvé l'occasion de m'enrichir. J'ai encore laissé échapper ma chance aujourd'hui... Je n'ai que de la boue à la place du cerveau...

— Alors, tu n'aimes pas ton Blanc? Il est pourtant le plus beau de tous les Blancs de Dangan, tu sais...

Elle me regarda un moment, puis rétorqua :

— Toi, tu parles vraiment comme celui qui n'est pas un nègre! Tu sais bien que le Blanc n'a pas ce qui peut nous rendre amoureuses...

— Alors?

— Alors quoi? J'attends... j'attends l'occasion... et Sophie ira en Guinée espagnole... Qu'est-ce que tu veux, nous autres négresses ne comptons pas pour eux. Heureusement que c'est réciproque! Seulement, vois-tu, je suis fatiguée d'entendre: « Sophie, ne viens pas aujourd'hui, un Blanc viendra me voir à la maison », « Sophie, reviens, le Blanc est parti », « Sophie, quand tu me vois avec une

madame, ne me regarde pas, ne me salue
pas », etc.

Nous avons continué à marcher côte à côte
sans rien nous dire. Chacun suivait ses pensées.

— Je ne suis qu'une idiote, se répétait-elle
encore en me quittant.

Le soir, vers cinq heures, je suis allé rôder
autour du Cercle européen. Nous étions beaucoup de Noirs à regarder les Blancs s'amuser.

M. Janopoulos est l'organisateur de tous les
plaisirs des Blancs de Dangan. Il est leur
doyen et on se perd en conjectures sur la date
de son arrivée ici. On raconte qu'il est le seul
rescapé d'un petit groupe d'aventuriers qui
furent mangés dans l'est du pays quelques
années avant la Première Guerre mondiale.
Depuis, M. Janopoulos, qui aurait bien pu
finir dans quelque estomac, a poussé... Il est
devenu le plus riche de tous les Blancs de
Dangan. M. Janopoulos, n'aime pas les indigènes. Il a la manie de lancer sur eux son
énorme chien-loup. Le sauve-qui-peut devient
général parmi les Noirs. Cela amuse les
dames.

Aujourd'hui, elles ont été servies. Le groupe
des indigènes venus regarder les Blancs était
plus dense que d'habitude. Massés à proximité
du Cercle européen, nous nous sommes épar-
pillés dans les massifs d'essessongos dès que
M. Janopoulos eut satisfait sa manie. La

débandade habituelle s'était transformée en
ruée frénétique. La présence du nouveau
commandant au Cercle européen avait doublé
les rangs des badauds. A la première alerte,
j'ai été bousculé, renversé, piétiné. J'ai senti
le chien du Grec sur mes talons. Je me
demande comment j'ai pu me relever et grim-
per sur le faîte de ce manguier géant qui a été
mon refuge. Les Blancs riaient en désignant
du doigt le dôme de l'arbre qui me cachait.
Mon commandant riait avec eux. Il ne m'a
pas reconnu. Comment aurait-il pu me reconnaître? Pour les Blancs, tous les nègres ont la
même gueule...

–:–

En arrivant ce matin à la Résidence, j'ai été
surpris de m'apercevoir que le cuisinier
m'avait grillé de vitesse. J'ai entendu une
quinte de toux bien connue. Le commandant
prenait sa douche. Il me parla à travers
l'entrebâillement de la porte de la salle de
bains. Il m'envoya chercher un flacon au
chevet de son lit. Je revins quelques instants
plus tard et frappai à la porte. Le commandant m'ordonna d'entrer. Il était nu sous la
douche. J'éprouvais une gêne indéfinissable.

— Alors, tu m'apportes ce flacon, oui?
s'exclama-t-il.

— ...

— Mais... qu'est-ce que tu as? reprit-il.

— Rien... rien... mon Commandant, répondis-je, la gorge serrée.

Il s'avança vers moi et m'arracha le flacon des mains. Je quittai la salle de bains à reculons pendant que le commandant esquissait un geste vague et haussait les épaules.

Non, c'est impossible, me disais-je, j'ai mal vu. Un grand chef comme le commandant ne peut pas être incirconcis!

Il m'était apparu plus nu que tous mes compatriotes qui ne s'en font pas pour se laver au marigot de la place du marché. Alors, me disais-je, il est comme le père Gilbert! comme le père Vandermayer! comme l'amant de Sophie!

Cette découverte m'a beaucoup soulagé. Cela a tué quelque chose en moi... Je sens que le commandant ne me fait plus peur. Quand il m'a appelé pour que je lui donne ses sandales, sa voix m'a paru lointaine, il m'a semblé que je l'entendais pour la première fois. je me suis demandé pourquoi j'avais tremblé devant lui.

Mon aplomb l'a beaucoup surpris. J'ai bien pris mon temps pour tout ce qu'il m'a dit de faire. Il a crié comme d'habitude et je n'ai pas bronché. Je restai impassible sous ce regard qui m'affolait auparavant.

— Tu es devenu complètement maboul, non? me lança-t-il.

Il faudra que je cherche ce mot dans le dictionnaire.

Un prisonnier a apporté deux poulets et un
panier d'œufs à la Résidence. C'est signe que
le régisseur de prison est revenu de sa tournée. Tous les Blancs de Dangan envoient toujours quelque chose au commandant quand
ils rentrent de la brousse. Le docteur est le
plus large de tous.

J'ai présenté les poulets et les œufs au
patron. Il a gobé deux œufs tout crus. J'en
avais la nausée pour lui. Je lui ai demandé
s'il voulait des œufs crus pour midi. Il m'a
montré la porte... Je suis quand même revenu
l'aider à chausser ses bottes de caoutchouc car
il pleuvait. Je leur ai donné un dernier coup
de chiffon. Le commandant a marché sur mes
doigts en s'en allant. Je n'ai pas crié. Il ne
s'est pas retourné.

J'ai fait ce matin le chemin avec Ondoua, le
joueur de tam-tam. C'est lui qui sonne les
heures sur son tam-tam. C'est l'ingénieur agricole qui l'a extirpé de son village pour ce travail. Il lui a confié un énorme réveil-matin
qu'il traîne partout avec lui. Il le porte en
bandoulière à l'aide d'un vieux foulard cras-
seux. Une perpétuelle gourde de gnole pend
comme une besace à son épaule gauche.
Je lui ai demandé de me traduire le mes-

sage qu'il joue depuis deux ans pour l'appel
des manœuvres. Il hocha la tête, puis, après
avoir un peu hésité, il commença :

— Je joue à peu près ceci :

Ken... Ken... Ken... Ken...
Quittez vos lits... Quittez vos lits...
Ken... Ken... Ken... Ken...
Il nous casse les pieds...
Ken... Ken... Ken... Ken...
Il se f... de vous, il se f... du monde...
Ken... Ken... Ken... Ken
Que pouvez-vous lui faire...
Vous ne pouvez rien faire...
Ken... Ken... Ken... Ken...
Quittez vos lits... quittez vos lits...

Je sonne ensuite les heures.

— Et s'il te demande de lui traduire ce que
tu joues ?

— Il est toujours facile de mentir à un
Blanc...

C'est un homme extraordinaire, Ondoua. Il
n'a pas d'âge, il n'a pas de femme. Il n'a que
son énorme réveille-matin. Et sa gourde de
gnole. Jamais on ne l'a vu tituber dans la rue.
Il paraît qu'il se transforme en gorille la
nuit... Je ne veux pas croire à une telle histoire.

J'ai accompagne ie commandant chez le
directeur de l'Ecole officielle de Dangan. Il
était invité à prendre l'apéritif. Je portais le
paquet qu'il devait offrir à Mme Salvain.
C'est bien une manière d'indigène que les
Blancs ont là, d'apporter quelque chose à
leurs hôtes.

L'Ecole officielle est située à cinq minutes
de la Résidence. Nous nous y sommes rendus
à pied. Je marchais derrière le commandant.
Les Blancs, ça court toujours. Le commandant se dépêchait comme si les instituteurs
avaient été en danger de mort.

Les Salvain avaient dressé la table à
l'ombre d'un arbre de leur pays que leurs
prédécesseurs avaient planté lors de la céré-
monie pour l'inauguration de l'école.

Mme Salvain portait une robe de soie rouge
qui mettait en relief son gros derrière en as
de cœur. Elle avait noué ses cheveux en
forme de huit et y avait piqué une fleur
d'hibiscus aussi vermeille que sa robe. Elle
s'avança en souriant, les bras tendus vers le
commandant. Il saisit ses poignets et y
appliqua ses lèvres à tour de rôle. Elle sur
sauta comme si on lui eut posé une braise sur
chaque bras. Elle parlait si rapidement que je
me demandais si c'était bien du français que
j'entendais.

M Salvain se montra à une fenêtre et

dévala l'escalier à toute allure. C'est un bon-
homme aussi maigre que les vaches du rêve
du Pharaon. Il portait un pantalon de toile et
une chemise largement ouverte sur sa poitrine osseuse. Sa femme lui présenta le commandant. Je me tenais à une bonne distance
des Blancs. Le maître me fit signe et je lui
donnai le paquet. Il l'offrit à Mme Salvain qui
parut très confuse. Elle coula un regard vers
son mari. Elle se mit à protester tandis que
ses mains prenaient le paquet. Elle fixa
chaudement le commandant qui insistait et
elle se répandit en remerciements.

Les Salvain entraînèrent le commandant
vers la table. Mme Salvain s'assit entre les
deux hommes. M. Salvain appela son boy, un
vieux nègre, le doyen des boys de Dangan
sans doute. Il apporta des bouteilles et se
retira obséquieusement. Les Salvain enga-
gèrent aussitôt une conversation où ils riva-
lisaient de vitesse, d'esprit et d'hilarité.
Mme Salvain, en quête d'un sourire ou d'une
approbation, se penchait alternativement vers
les deux hommes.

— Sacré bled! se lamentait Mme Salvain.
Il pleut, il fait chaud, il n'y a pas de coiffeur...
Qu'est-ce qu'on se fait suer!... Ça doit vous
changer de Paris

Le commandant haussa les sourcils et vida
son verre.

— Vous ne m'avez pas parlé de votre
école? demanda-t-il à M Salvain.

M. Salvain se trémoussa et se frotta les mains.

— Je vous y attends pour l'inspection, dit-il. Je suis en train de réussir une expérience pédagogique sans précédent. J'en enverrai bientôt le compte rendu à Yaoudé. Quand je suis arrivé dans ce pays, j'avais trouvé l'école pleine de jeunes gens de vingt ans et plus, qui briguaient encore le certificat d'études. Je les ai tous vidés. Ils ne fichaient rien et la majorité avait la chaude-pisse. Moniteurs indigènes et élèves engrossaient les filles de l'école. Un bordel, quoi!... En compulsant les registres d'inscription, j'avais trouvé que le moins âgé des élèves ayant obtenu le certificat d'études avaient dix-sept ans. Le plus jeune élève de l'école avait neuf ans et était au cours préparatoire. Après avoir renvoyé tous les grands qui venaient d'echouer au certificat, j'ai recruté pour la maternelle, une classe ignorée ici avant moi, des petits de deux à six ans. Les petits Noirs sont aussi intelligents que nos petits... On m'a traité de fou, de démagogue... Eh bien, dans ma classe du certificat, il y a vingt élèves de douze à quinze ans.

— C'est épatant, disait mon maître, c'est épatant! Je viendrai vous voir un de ces prochains jours...

— Les temps ont changé depuis la dernière guerre. Mais les gens d'ici ne le comprennent pas.

— A part les petits nègres que forme
Jacques, dit Mme Salvain, tous les autres ne
valent pas la peine qu'on s'intéresse à eux.
C'est paresseux, voleur, menteur... Avec ces
gens-là, il faut une patience !

Le commandant toussa et alluma une cigarette. Je ne distinguais plus que ce point
rouge dans la nuit qui était tombée brusquement.

—:—

Le commandant, qui a sûrement besoin de
la présence d'un indigène à l'arrière de son
pick-up (1), m'a dit de venir à la messe avec
lui.

Tous les indigènes, que nous dépassions à
toute allure, se découvraient fébrilement sur
notre passage. Le pick-up du commandant est
le seul à avoir un petit pavillon tricolore.
Notre passage laissait des traces de poussière
ocre dans l'atmosphère caniculaire de fin de
saison sèche. Quand nous arrivâmes à la Mission catholique Saint-Pierre de Dangan, la
foule compacte des indigènes stationnait déjà
autour de l'église. C'était une foule grouil-
lante, multicolore où le blanc, le rouge et le
vert tranchaient sur les peaux noires. Un
murmure la parcourut à la vue du commandant.

Je reconnus le son de Jésus, la petite cloche

1. Camionnette,

de la sacristie. Tout cela était indissociable du souvenir du père Gilbert qu'on appelle maintenant... le martyr, sans doute parce qu'il est mort en Afrique.

Le père Vandermayer vint au-devant du commandant. Il s'inclina devant lui avec cette grâce particulière aux ecclésiastiques que ne saurait imiter un profane. Le commandant lui tendit la main. Devant eux, la statue de Saint-Pierre, qu'on aurait pris pour un nègre car les intempéries l'avaient rendu tout noir, était juchée sur un semblant de clocher et s'inclinait vers une chute certaine.

D'autres voitures arrivèrent. Tous les Blancs qui ont l'habitude de s'amuser au Cercle européen semblaient s'être donné rendez-vous à ce quartier de Dieu. Il y avait Gosier-d'Oiseau qui traînait aussi son brigadier nègre derrière sa voiture. Mme Salvain avait caché ses mollets de coq dans un pantalon de toile qui faisait encore plus ressortir son gros derrière. Elle vint encore au commandant, les bras tendus, et sursauta à la scène des baisers sur les poignets. L'ingénieur agricole avait amené avec lui Ondoua, le joueur de tam-tam, qui était tout couvert de poussière. On put voir ensuite les arrivées du docteur — toujours très fier de ses galons de capitaine — et de sa femme, du Blanc qui désinfecte Dangan au D.T.T., des demoiselles Dubois, deux filles énormes avec des nattes et des chapeaux de cow-boy, et enfin de

Mme Moreau, la femme du régisseur de prison, accompagnée de quelques Grecques venues exhiber leurs robes de soie. Tous ces Blancs se tenaient en cercle autour du commandant et du père Vandermayer. On sonna encore Jésus. L'unique porte de la nef fut prise d'assaut par les Noirs qui stationnaient dans la cour. Quelques casques sautèrent dans la bousculade. On entendait les cris des femmes et des enfants... Précédés du père Vandermayer, les Blancs entrèrent par la sacristie.

Dans l'église Saint-Pierre de Dangan, les Blancs ont leurs places dans le transept, à côté de l'autel. C'est là qu'ils suivent la messe, confortablement assis dans des fauteuils de rotin recouverts de coussins de velours. Hommes et femmes se coudoient. Mme Salvain était assise à côté du commandant tandis qu'au deuxième rang Gosier-d'Oiseau et l'ingénieur agricole se penchaient avec un ensemble parfait vers les deux grosses filles. Derrière eux, le docteur remontait de temps en temps ses galons dorés qui descendaient le long de ses épaulettes trop longues. Sa femme, bien qu'elle fît semblant d'oublier ciel et terre dans la lecture de son missel, suivait du coin de l'œil les manigances de Gosier-d'Oiseau et de l'ingénieur avec les demoiselles Dubois. Elle relevait parfois la tête pour voir où en étaient le commandant et Mme Salvain. Le docteur, quand il ne remontait pas ses galons, s'évertuait, par gestes excédés, à attraper une mouche qui tournoyait autour de ses oreilles écarlates.

La nef de l'église, divisée en deux rangées, est uniquement réservée aux Noirs. Là, assis sur des troncs d'arbre en guise de bancs, ils sont étroitement surveillés par des catéchistes prêts à sévir brutalement à la moindre inattention des fidèles. Ces serviteurs de Dieu, armés de chicottes, font les cent pas dans l'allée centrale qui sépare hommes et femmes.

Enfin, le père Vandermayer, superbe avec sa chasuble étincelante, précédé de quatre enfants de chœur noirs en rouge et blanc, fit son entrée. Une cloche tinta. La messe commençait. Les catéchistes s'affairaient entre les deux rangées de la nef. Ils dirigeaient le ballet en donnant de grands coups de paume sur leur livre de prières. Les fidèles indigènes se levaient, s'agenouillaient, se relevaient, s'asseyaient pour se relever à la cadence du bruit sourd des paumes. Hommes et femmes se tournaient ostensiblement le dos pour être sûrs de ne pouvoir se regarder. Les catéchistes guettaient le moindre clin d'œil.

Là-bas, Gosier-d'Oiseau profitait de l'élévation pour presser la main de sa voisine, tandis que les jambes de Mme Salvain se rapprochaient imperceptiblement de celles du commandant.

Le père Vandermayer chanta enfin l'*Ite missa est*. Tous les Blancs se levèrent et s'en furent par la sacristie. Dans la nef, les catéchistes fermaient la porte pour obliger les nègres à écouter le sermon. Le cerbère d'ébène qui se tenait près de la porte me laissa sortir quand j'eus décliné mon titre de boy du commandant. Là-haut, sur la chaire, le père Vandermayer, dans son mauvais Ndjem, commençait innocemment à truffer son sermon d'obscénités...

–:–

Les chefs de Dangan sont venus souhaiter la bienvenue à mon maître. Akoma est arrivé le premier.

Akoma est le chef des Sos. Il règne sur dix mille sujets. Il est le seul chef de Dangan qui soit allé en France. Il a rapporté de son voyage cinq anneaux d'or que les Blancs appellent alliances. Il en porte un à chaque doigt de la main gauche. Il est très fier de son surnom de « Roi des bagues ». Quand on l'appelle ainsi, il répondit par ce petit laïus :

Akoma Roi des bagues, Roi des femmes!
Blancs une bague,
Akoma y en a dépassé Blancs!
Akoma Roi des bagues, Roi des femmes!

Sur ce, il vous oblige à toucher ses alliances.

Il est arrivé à la Résidence avec sa suite : trois femmes, un porteur de chaise et de parapluie, un joueur de xylophone et deux gardes du corps.

— Fils de chien, m'appela-t-il, où est ton maître?

Il renvoya sa suite et me suivit au salon. Il portait un beau costume noir. Mais, ne pouvant supporter ses souliers de cuir par cette chaleur, il avait préféré mettre des chaussons. Quand il pénétra au salon, mon maître se leva et vint à lui, le bras tendu. Akoma le saisit de ses deux mains en le balançant de droite à gauche. A toutes les questions du commandant il répondait « Oui, oui » en gloussant comme une poule. Akoma fait mine de comprendre le français, mais il n'y comprend absolument rien. Il paraît qu'on l'a présenté à Paris comme un grand ami de la France.

Mengueme, lui, est un vieillard aussi rusé que la tortue des légendes. Bien qu'il comprenne et parle le français, il fait toujours semblant de ne rien comprendre. Il peut boire du lever au coucher du soleil sans qu'il y paraisse.

Mengueme est le chef des Yanyans. Il est très estimé de son peuple. Il est le seul ancien qui ait survécu à sa génération. Il met son costume de chef quand il vient voir le commandant et s'en débarrasse aussitôt la ville européenne franchie. Quand les Allemands ont fait la Première Guerre aux Français, son

frère cadet s'est fait tuer en combattant
contre les Français. Quand les Allemands
firent la Seconde Guerre aux Français, ses
deux fils sont tombés en combattant contre
les Allemands. « La vie, dit-il, c'est comme le
caméléon, ça change de couleur tout le
temps. »

Mengueme n'a jamais voyagé. Sa sagesse
n'a pas besoin de voyages. C'est un ancien.

−:−

La matinée était fraîche. L'herbe était
humide. On entendait le crépitement des pal-
miers qui s'égouttaient sur la tôle de la Résidence. Dangan prolongeait son sommeil sous
la brume immaculée de ses lendemains de
grande pluie.

Rasé, pommadé, exubérant, le commandant
surveillait le chargement du pick-up. Pour la
première fois depuis son arrivée à Dangan, il
portait un pull-over marron. La sentinelle
avait abandonné sa faction. Son large pied
droit appuyait sur la pédale de la pompe
pour gonfler les pneus arrière. Debout sur le
pare-choc avant, le chauffeur donnait un dernier coup de chiffon sur la glace. Il vint près
de la sentinelle qui soutenait péniblement son
genou des deux mains à chaque mouvement
de gonflage. Le chauffeur donna un coup de
marteau sur les pneus qui résonnèrent comme
la corde d'un arc bien tendu.

Quand tout fut prêt, le commandant consulta sa montre. Il jeta un dernier coup d'œil à la Résidence. Il m'aperçut.

— Monte, toi! me dit-il. Nous partons en tournée.

Il fit claquer la portière et mit la voiture en marche. Je n'eus que le temps de sauter sur les valises. Nous traversâmes le Centre commercial. Aucune âme ne semblait y vivre. Des équipes de manœuvres surpris saluaient à retardement comme s'ils n'en revenaient pas de voir le commandant déjà levé à cette heure.

Le commandant prit ensuite la route de la station agricole. L'ingénieur, tout de noir vêtu, nous attendait au pied de l'escalier. Il tenait un sac de voyage d'où dépassait une bouteille Thermos. Il monta à côté du commandant. Il se pencha à la portière du côté de sa villa.

— Qu'attends-tu pour monter?

Cette question s'adressait à une ombre qu'on entendit bâiller sur la véranda.

— Qu'est-ce que c'est? demanda le commandant.

— Ma cuisinière-boy, répondit l'ingénieur.

C'était Sophie. Elle semblait tomber de sommeil en descendant l'escalier. L'ingénieur braqua une torche électrique dans sa direction. Sophie se frotta les yeux et étouffa un juron.

Mon Dieu, qu'elle était belle! Son teint acajou prenait des reflets cuivrés dans la lumière qui l'inondait. Elle ajusta ses sandales, puis fit quelques pas, indécise. Elle alla du côté de la portière où pendait le bras de l'ingénieur. Il lui montra l'arrière du pick-up. Elle haussa les sourcils et avança la lèvre inférieure dans une moue de dégoût. Mais elle obliqua, posa son pied sur le pare-choc arrière et me tendit la main.

— Est-elle montée? demanda le commandant.

— Ça y est, répondis-je.

Par la portière, l'ingénieur me tendit le sac. La voiture démarra. Sophie était assise à côté de moi sur une caisse à essence vide. Elle se couvrit entièrement avec son pagne. On ne voyait qu'une natte épaisse à laquelle pendait un bout de fil noir qui barrait son front uni comme un tatouage. Elle regardait devant elle comme si elle ne voyait pas les arbres qui défilaient vertigineusement de chaque côté de la route. Le vent était froid, il sentait le tabac américain que l'ingénieur fumait dans la cabine.

Tout à coup nous fûmes projetés en l'air. Nous retombâmes sur la caisse de bois avec force fracas. Cela tenaillait les tripes.

— Merde alors! Qu'est-ce qu'elles ont... Qu'est-ce qu'elles ont de plus que moi? Je me demande ce qu'elles ont de plus que moi? gémissait Sophie.

La route était sortie de la ville. Le pick-up

dévorait les premiers villages. On voyait les indigènes drapés de pagnes multicolores faire un geste de surprise dès qu'ils apercevaient le petit drapeau tricolore. Parfois une foule sortait d'une case-chapelle où un bout de rail en guise de cloche pendait à la véranda. Des petites filles toutes nues sortaient d'une porte entrebâillée et venaient s'accroupir en courant au pied des citronnelles de la route. Un violent coup de volant nous projeta presque par-dessus bord.

— Mon Dieu! s'exclama Sophie. Mais qu'est-ce qu'elles ont et que je n'ai pas?

Elle se tourna vers moi. Deux grosses larmes coulaient sur ses joues. Je posai mon bras sur le sien. Elle se moucha avec son pagne.

— Les bonnes manières de Blancs, si c'est seulement pour entre eux, merde alors! Mon derrière est aussi fragile que celui de leurs femmes qu'ils font monter dans la cabine...

Sophie renifla de nouveau. Elle ferma les yeux. Ses longs cils humides ne formaient plus qu'un petit toupet noir. A travers la fenêtre arrière de la cabine, l'œil vert de l'ingénieur rencontra le mien. Aussitôt, il tourna la tête.

Le pick-up était sorti de la région copieusement arrosée par la pluie de la veille. Il cahotait maintenant sur ces chemins qui, chez nous, ne sont ni des pistes ni des routes. C'était parfois une longue éclaircie en forêt

où des tas de moellons témoignaient des travaux en cours. La brousse repoussait entre les
gros cailloux de ce qui était un semblant de
chaussée. Les fruits des parasoliers la jon-
chaient. Une trépidation continue annonçait
que nous traversions un marécage qu'on avait
essayé de rendre consistant en y posant
quelques piquets recouverts de latérite. Celle-
ci se transformait en une boue ocre comme
une pâte de peinture. Le pick-up hennissait,
craquait, rugissait et émergeait de ces ravins
difficiles pour, ensuite, escalader en trombe
des collines à pic. A l'arrière de la voiture,
nous étions pris dans une espèce de danse
ondoyante où nos têtes dodelinaient comme
celles des sommeilleux. Un cahot semblable à
un hoquet nous souleva de la caisse pour
mieux y écraser nos fesses.

Sophie ne se plaignit plus. Elle se taisait.
Ses larmes avaient séché, laissant sur ses
joues deux traces de couleur indéfinissable.

Il commençait à faire chaud. Le pick-up
venait de dépasser une énorme termitière sur
laquelle on avait écrit gauchement au coaltar
« 60 km ». A tombeau ouvert, nous descendions une colline interminable. Le chemin
semblait uni. On y circulait sans secousses
comme à Dangan. Au-dessus de ma tête je
m'aperçus que nous passions sous des arcs de
palmes tressées. Nous arrivions à destination.
Le commandant ralentissait. Penché à la portière, il semblait émerveillé par cette propreté

qu'on n'espérait plus rencontrer à plus de soixante kilomètres de brousse. Plus d'excavations, plus d'herbe, plus d'excréments d'animaux. Les tas d'immondices des rigoles avaient disparu. Tout avait été nettoyé. Cette propreté était trop nette pour ne pas être récente!

Au loin, un tam-tam retentit. Une rumeur sourde nous parvint. Il était indéniable qu'une grande manifestation nous attendait. Le village fut enfin en vue. Il y régnait un remue-ménage qui ne devait pas être coutumier. Une mer humaine avait envahi la place du village. Les cris stridents des femmes retentirent. Elles criaient la main contre la bouche. On aurait cru entendre la sirène de la scierie américaine de Dangan. La foule se fendit pour laisser passer la voiture qui s'immobilisa devant un parasolier fraîchement élagué au sommet duquel flottait un drapeau français.

Un vieillard au dos arrondi et au visage aussi ridé qu'un derrière de tortue ouvrit la portière. Le commandant lui serra la main. L'ingénieur lui tendit aussitôt la sienne. Les femmes se remirent à crier de plus belle. Un gaillard coiffé d'une chéchia rouge cria : « Silence! ». Bien qu'il fût torse nu et portât un pagne, son autorité venait de sa chéchia de garde du chef.

Le chef portait un dolman kaki sur les manches duquel on avait dû coudre à la hâte

ses écussons rouges barrés de galons argentés.
Un bout de fil blanc pendait à chaque
manche. Un homme entre deux âges qui portait une veste de pyjama par-dessus son
pagne cria « Fisk! ». Une trentaine de mar-
mots que je n'avais pas distingués jusque-là,
s'immobilisèrent au garde-à-vous.

— En avant, marssssse! commanda
l'homme.

Les élèves s'avancèrent devant le commandant. Le moniteur indigène cria encore
« Fisk! ». Les enfants semblaient complètement affolés. Ils se serraient comme des pous-
sins apercevant l'ombre d'un charognard. Le
moniteur donna le ton, puis battit la mesure.
Les élèves chantèrent d'une seule traite dans
une langue qui n'était ni le français ni la leur.
C'était un étrange baragouin que les villageois
prenaient pour du français et les Français
pour la langue indigène. Tous applaudirent.

Le chef conduisit les Blancs dans une case
qui avait été aménagée pour les recevoir. Le
sol avait été balayé, le kaolin des murs gar-
dait encore l'empreinte des pinceaux. Le toit
verdoyait avec son raphia fraîchement tressé.
En y entrant par cette chaleur caniculaire, on
était envahi de bien-être.

— Elle est merveilleuse, cette paillote! dit
le commandant en s'évertuant avec son casque.

— Ça, c'est une case, rectifia l'ingénieur,
les murs sont en terre. D'ailleurs on ne ren-

contre plus de paillotes que chez les Pyg-
mées.

Les Blancs poursuivirent leur conversation
dans la véranda où le chef avait fait installer
deux chaises longues. Sophie m'aida à préparer les deux lits pliants que nous avions
emportés. Nous suspendîmes les mousti-
quaires. Quand tout fut prêt, je demandai au
commandant s'il avait encore besoin de
moi.

— Pas pour le moment, me répondit-il.

Sophie, mot pour mot, posa la même question à l'ingénieur. Mot pour mot, elle obtint la
même réponse. L'ingénieur fixait le bout de
son soulier.

Le garde du chef nous attendait. Il agitait
son chasse-mouches sur ses épaules. Il nous
invita à le suivre.

— Vous dormirez dans la case de ma
deuxième femme. dit-il avec fatuité.

C'était une masure dont on avait blanchi la
façade pour l'arrivée du commandant. Pas
d'ouvertures. La lumière filtrant à travers la
porte basse venait mourir dans une vieille
cuvette où une poule couvait ses œufs.

— Voici la case de ma deuxième femme,
dit encore le garde avec un large sourire. La
rivière et le puits sont de l'autre côté de la
cour. Quant au cabinet, vous le sentez
d'ici...

— On n'ignore pas où pourrit l'éléphant,
dit sèchement Sophie.

— C'est ça même, dit le garde en s'en allant.

Quand il fut presque hors de notre portée, il nous cria :

— Tout à l'heure on vous enverra de quoi préparer à manger.

Sophie claque les doigts et se passa la main sur les lèvres (1). Puis elle fit un geste qui semblait vouloir dire : « Je prends mon courage à deux mains. » Nous pénétrâmes dans la case des boys. Bien qu'il fît jour, nous entrions dans la nuit...

Sophie se pencha sur l'âtre. Elle rassembla les bouts de tisons et y souffla à plusieurs reprises. Enfin la flamme jaillit. Elle éclaira d'abord le tas de régimes de bananes massés sur les étagères de bambous. Au moment où je m'apprêtais à en cueillir une je fus pris d'un fou rire.

— Qu'est-ce que tu as? demanda Sophie.

— Rien... Tu ne peux pas comprendre... Je pensais à Gosier-d'Oiseau...

Dehors, la fête battait son plein. Les Blancs regardaient les danseurs de bilaba (2). La danse monotone les lassa. Il était midi. Ils se retirèrent dans leur case. Je leur servis les provisions apportées de Dangan. A l'heure de la sieste, ils renvoyèrent les trop bruyants danseurs. Ceux-ci s'en allèrent, feignant d'être

1. Geste d'étonnement.
2. Danse avec ondulations du torse et des hanches.

désolés. Ils étaient couverts de poussière, inondés de sueur.

Dans l'après-midi, le chef vint présenter lui-même les poulets, la chèvre, la corbeille d'œufs et les papayes qu'il entendait sacrifier aux Blancs. Ceux-ci l'invitèrent à prendre un verre de whisky avec eux. Visiblement, le chef était très fier d'être assis au milieu des Blancs. Ensuite, ils se dirigèrent vers la case aux palabres.

Le soir avait trouvé les Blancs rompus par le voyage et les palabres de la journée. Ils n'avaient presque pas touché au repas du soir. Le commandant s'était étendu en travers de son lit. Je m'agenouillai pour retirer ses bottes. De la véranda nous parvenait le murmure d'un dialogue entre l'ingénieur et Sophie.

Je souhaitai bonne nuit au commandant. Au moment où je franchissais la porte, l'ingénieur qui sirotait encore son whisky à la véranda m'appela. Il faisait déjà nuit. J'allai à lui, guidé par le bout rougeoyant de sa cigarette.

— Tu dors dans la même case que Sophie, n'est-ce pas? demanda-t-il.

— Oui, mon Com... oui, monsieur.

Il fit une pause puis continua :

— Je l'enverrai à l'hôpital aussitôt arrivé à Dangan, je l'enverrai à l'hôpital...

Il se leva puis reprit :

— Sophie m'a été confiée par son père...

D'ailleurs, je me demande pourquoi je te dis cela! J'enverrai Sophie à l'hôpital... Je saurai te retrouver...

Il me pinça l'oreille.

— Je saurai toujours te retrouver... Tu peux disposer.

Il me lâcha. Dans l'obscurité, je vis ses mains blanches faire un geste de dégoût comme s'il avait touché quelque chose de malpropre.

Sophie m'attendait dans la cour. Nous marchâmes en silence jusqu'à notre case. Sophie poussa la porte. La poule caqueta. Sophie rassembla les tisons et souffla. Une flamme vacillante éclaira la case. Je m'allongeai sur l'un des lits de bambou. Sophie alla refermer la porte. Elle vint s'allonger sur l'autre lit. La flamme du foyer mourut peu à peu. Les bords de nos lits sombrèrent dans la nuit. Sophie se retournait sur son lit. Les bambous craquaient.

— Ça fait longtemps que je n'ai pas dormi dans un lit de bambou, dit-elle. Cela me rappelle ma mère...

— Ça fait longtemps que je n'ai pas dormi avec un enfant du pays dans une même case, reprit-elle.

Elle bâilla.

— On dirait qu'on t'a coupé la langue... Tu ne dis rien, ce soir?

— C'est ma bouche qui est fatiguée...

— Toi, tu es un drôle d'homme... En vérité,

je n'ai jamais rencontré d'homme comme toi!
Tu es enfermé dans une case la nuit avec une
femme... et tu dis que ta bouche est fatiguée!
Quand je raconterai cela, personne ne me
croira. On me dira : « C'est peut-être parce
que son coupe-coupe n'est pas tranchant qu'il
a préféré le garder dans son fourreau. »

— Peut-être, répondis-je, amusé.

— Quand je raconterai qu'il l'a avoué, ils
ne me croiront pas plus... Sais-tu ce que m'a
dit mon bon ami à la véranda?... Tu dors? me
demanda-t-elle.

— Non, je t'écoute, lui répondis-je.

Elle continua son monologue.

— Mon bon ami a commencé par m'appeler
par les noms des choses à manger. Ça, c'est
son habitude quand il veut manger la bouche
ou quand il gémit en faisant la chose, il
m'appelle « mon chou », « mon chevreau »,
« ma poule »... Il m'a dit que s'il m'avait
emmenée, c'était parce qu'il m'aimait beaucoup. Il ne voulait pas me laisser seule à Dangan où je me serais ennuyée. Ce Blanc est très
malin. La vérité, c'est qu'il ne voulait pas me
laisser seule à Dangan avec le vieux Janopoulos. Ce vieux Blanc dont je pourrais être la
petite-fille m'a dit de le quitter parce qu'il n'a
pas beaucoup d'argent. Mais je préfère mon
bon ami à ce vieux crapaud. Il m'a dit qu'il
avait peur du commandant qui est son chef et
qu'il ne pouvait pas lui dire que j'étais sa
bonne amie. C'est pour cela qu'il lui a dit que

j'étais sa cuisinière-boy. Mais, je me f... de tout cela. Ce qui m'embête, c'est qu'il ait dit au commandant que j'étais sa cuisinière. Je me demande bien ce qui a pu lui faire penser cela. Joseph, ai-je une tête de cuisinière?

— Je ne suis pas un Blanc pour répondre, lui dis-je.

— En vérité, toi, tu n'es pas un homme comme les autres... Qu'est-ce qu'il a bien pu te dire, mon bon ami, quand il te parlait à la véranda?

— Rien... pas grand-chose. Il m'a dit de veiller sur toi...

— Ah! ces Blancs! s'exclama-t-elle. Le chien peut-il crever de faim à côté de la viande de son maître! On n'enterre pas le bouc jusqu'aux cornes, on l'enterre tout entier...

Sa voix me paraissait de plus en plus lointaine. Pendant un moment, il me sembla l'entendre dans un rêve. Je m'endormis.

—:—

La première chèvre qui vint se frotter contre notre masure me trouva réveillé. Le jour filtrait entre les intervalles des nattes de raphia superposées. Dehors, on entendait le trot lourd des boucs à la poursuite des chèvres. Un coq chanta... Au loin, le son d'une cloche, ou plus exactement celui d'un bout de rail, retentissait. Sophie, la face tournée

contre le mur, dormait encore. Je me levai et
la réveillai avec force bourrades. Elle jura
d'abord à plusieurs reprises avant de se
réveiller tout à fait. Elle ébaucha un pauvre
sourire et me souhaita bonne matinée. Elle
tira pudiquement son pagne qui avait
remonté jusqu'à ses fesses, laissant dévoilées
deux cuisses admirables.

J'ouvris la porte. L'odeur des chèvres pénétra dans la case avec la fraîcheur du matin.
Sophie me rejoignit dans la véranda.

— Ils doivent dormir encore, dit-elle. Tu
penses, ils étaient vannés hier soir...

Nous remontâmes la rue jusqu'à la case des
Blancs. De la véranda nous parvenaient deux
ronflements. L'un, fluet et ténu, ressemblait à
un coassement de grenouille.

— Ça, c'est bon ami, dit Sophie.

L'autre, grave, était pareil à un gémisse-
ment.

— L'autre, c'est le commandant, dit encore
Sophie, je ne le connais pas...

Le commandant m'avait dit de le réveiller
de bonne heure. Je frappai à plusieurs
reprises à la porte.

— Qu'est-ce que c'est? demanda l'ingénieur.

— Le commandant m'a dit de le réveiller
tôt, répondis-je.

— Bon, bon, grommela-t-il.

Nous entendîmes le claquement sec d'une
boucle de ceinture. Un bruit de pas

s'approcha de la porte. L'ingénieur nous
ouvrit. Il sentait la viande crue avec des
nuances indéfinissables. Cette odeur, je la
sentais tous les matins à la Résidence. Il se
frotta les yeux, puis lissa ses cheveux aussi
désordonnés qu'un tampon de lianes. Il bâilla.
L'or brilla dans sa bouche. Il plongea les
mains dans ses poches et nous considéra à
tour de rôle. Il devint tout rouge. Cela con-
trastait avec son teint anémique de l'instant
précédent. Ses yeux rivés sur les miens, il
semblait avoir oublié le monde. Un tic fit
trembler les commissures de sa bouche très
fine. C'était une grimace inimitable qui eût
déchaîné le rire d'une veuve à l'enterrement
de son second mari.

— Pour faire singe, il n'y a que Missié! dit
Sophie en s'esclaffant.

— Ta gueule! rugit l'ingénieur en frappant
du pied.

Le rire se figea sur la bouche de Sophie. Je
sentis un picotement sur ma nuque.

— Qu'est-ce que c'est? demanda le commandant.

— Les boys... dit l'ingénieur avec mépris.

Il zigzagua à deux reprises sur ses orteils.
Son teint, de rouge qu'il était, vira au vert
puis redevint anémique.

— Nous rentrons à Dangan ce matin, dit-il
avec componction. J'ai eu la fièvre la nuit,
ajouta-t-il avec ironie.

— Joseph, commence à préparer les

bagages... Nous repartons ce matin, cria le
commandant de l'intérieur de la case.

-:-

Une nouvelle qui ressemble à une grosse
blague tant elle est inattendue! La femme du
commandant arrive à Yaoundé demain.
Quand le commandant a déplié le petit papier
bleu, il est devenu tout rouge. Il s'est adossé
au mur comme s'il avait reçu un coup de
poing. Il a dit tout haut des choses incohé-
rentes. Avec cette manière de rougir des
Blancs, on ne peut savoir s'ils sont contents ou
non. Le cuisinier, le garde et moi étions per-
plexes.

Le commandant nous appela et nous fit
part de la surprenante nouvelle. Nous étions
bien contents pour lui et nous le fîmes voir.
D'abord surpris par notre hilarité bruyante,
car nous applaudissions aussi, il esquissa un
sourire puis son regard nous arrêta net.

Il envoya le garde chercher quelques prisonniers pour laver la Résidence. Il nous
recommanda de tout mettre en ordre. Il écrivit des mots pour le docteur, le régisseur de
prison et Gosier-d'Oiseau. Puis il partit à
Yaoundé.

Je comprends maintenant pourquoi le commandant n'était pas un Blanc sans Madame,
comme les autres... qui envoient leur boy leur
chercher une « Mamie » à la criée au quartier

indigène. Je me demande comment peut être
la femme du commandant. Est-elle aussi tra-
pue et aussi mauvaise tête mais bon cœur
que le commandant? Je la voudrais belle,
plus belle que toutes les dames qui vont au
Cercle européen. Un roi a toujours la plus
belle femme du royaume...

—:—

Enfin elle est arrivée. Mon Dieu, qu'elle est
belle, qu'elle est gentille! J'ai été le premier à
la voir. Je donnais un dernier coup de balai à
la véranda quand j'ai reconnu le ronronnement de la voiture du patron. Je n'ai rien dit
au cuisinier. Je me suis précipité vers la sentinelle qui somnolait. C'était comique de voir le
garde se réveiller en sursaut et présenter
arme sans qu'on lui en ait donné l'ordre.

Le patron descendit. Je courus ouvrir la
portière à Madame. Elle me sourit. J'admirai,
chose rare, ses dents aussi blanches que celles
de nos filles. Le bras robuste du commandant
enserrait sa taille de fourmi. Il lui dit : « C'est
Toundi Joseph, mon boy. » Elle me tendit la
main. Elle était douce, petite et énervante
dans ma grosse paume qui l'engloutissait
comme un joyau précieux. Madame devint
toute rouge. Le commandant rougit à son
tour. Je descendis les valises.

-:-

Mon bonheur n'a pas de jour, mon bonheur n'a pas de nuit. Je n'en avais pas conscience, il s'est révélé à mon être. Je le chanterai dans ma flûte, je le chanterai au bord des marigots, mais aucune parole ne saura le traduire. J'ai serré la main de ma reine. J'ai senti que je vivais. Désormais ma main est sacrée, elle ne connaîtra plus les basses régions de mon corps. Ma main appartient à ma reine aux cheveux couleur d'ébène, aux yeux d'antilope, à la peau rose et blanche comme l'ivoire. Un frisson a parcouru mon corps au contact de sa petite main moite. Elle a tressailli comme une fleur dansant dans le vent. C'était ma vie qui se mêlait à la sienne au contact de sa main. Son sourire est rafraîchissant comme une source. Son regard est tiède comme un rayon de soleil couchant. Il vous inonde de sa lumière qui vous embrase jusqu'au plus profond du cœur. J'ai peur... J'ai peur de moi-même...

-:-

Aujourd'hui, Madame a fait le tour du propriétaire. Elle portait un pantalon noir qui mettait en valeur sa taille fine. Elle vint d'abord à la cuisine et félicita le cuisinier pour la propreté des ustensiles et surtout pour son poulet au riz. Le cuisinier était aux anges. Il baragouina qu'il avait trente ans de métier et que « lui y en a touzou bon ksinier ». De rieur qu'il était, le regard de Madame devint impassible. « Désormais, tu y mettras moins de piment », dit-elle. Le cuisinier la regarda avec des yeux tout ronds.

Nous allâmes ensuite voir le parc aux chèvres. Madame ne cessait de murmurer : « Qu'elles sont mignonnes! Qu'elles sont jolies! » Elle se laissait lécher les mains. Puis le carré de roses et d'hibiscus la retint. Elle s'accroupissait devant chaque fleur et en respirait profondément le parfum. J'étais de l'autre côté du carré en face d'elle. Elle avait oublié ma présence. En écrivant ces mots, je me sens encore plus malheureux qu'à l'enterrement du révérend père Gilbert.

-:-

Pour le premier samedi de Madame à Dangan, le Cercle européen s'est vidé au profit de la Résidence. Le tout-Dangan blanc était là. Madame, toute de blanc vêtue, ressemblait à ces fleurs nouvelles qui deviennent pour un temps le centre de l'univers de toute la gent ailée. On sentait que Madame était là. Le commandant se trémoussait avec cette nuance de satisfaction des hommes qui ont épousé une belle femme. Son exubérance était telle qu'il m'a appelé pour la première fois avec un « Dis, Joseph? ». Quels changements l'amour

et la beauté d'une femme peuvent apporter
au cœur d'un homme !

Si les hommes étaient tout admiration
devant Madame, les femmes, elles, n'arri-
vaient pas à dissimuler complètement sous
des sourires forcés l'amertume qu'elles res-
sentaient de se trouver éclipsées. Mme Salvain ressemblait à une lampe à huile qu'on
aurait traînée au soleil. Le rayonnement de la
beauté de Madame faisait ressortir tout ce
que le Bon Dieu — qui, ce soir, devait être le
diable pour Mme Salvain — avait oublié de
parfaire chez toutes ces dames blanches que
nous admirions à Dangan. La femme du docteur parut aussi plate qu'une pâte violemment
lancée contre un mur. Les grosses jambes de
Mme Gosier-d'Oiseau étaient empaquetées
dans son pantalon comme du manioc dans
une feuille de bananier. Les demoiselles
Dubois se ressemblaient comme deux sacs
jumeaux. Les femmes des Grecs, d'ordinaire
si volubiles, s'étaient tues. Les Américaines de
la Mission protestante n'existaient que par
leurs éclats de rire.

Quant aux hommes, Madame semblait être
pour eux une apparition. Ils en avaient oublié
les bonnes manières qu'ils prodiguent à leurs
femmes dans les rues de Dangan pour les
reporter sur Madame. Parmi tous ces Blancs,
j'en cherchais vainement un qui pût retenir
l'attention de Madame... J'avais bêtement
tressailli quand je l'avais vue regarder imper-

ceptiblement l'ingénieur. Mes yeux avaient rencontré ceux de Madame par-dessus la tête de l'amant de Sophie. Cela ne dura que le temps d'un éclair. Elle détourna les siens. Je me sentis envahi de gêne, comme le jour où mon regard s'arrêta sur le sexe incirconcis du commandant?

— Alors, tu dors? me dit le Blanc qui désinfecte Dangan, en me montrant son verre vide.

— Bonne mère! reprit-il. On dirait qu'il a la maladie du sommeil!

Des yeux de toutes les couleurs se braquèrent sur moi.

— Allons, Joseph! Allons! dit le commandant en frappant la table avec son briquet.

Je débouchai à tout hasard une bouteille de whisky. J'en versai dans le verre du Blanc. Je ne m'arrêtai qu'après qu'il eut crié « Stop, top, top! Stop! Bonne mère de bonne mère! », à plusieurs reprises. Cela avait déchaîné une hilarité générale.

— Mon z'ami, dit Gosier-d'Oiseau en imitant faussement le petit nègre, nous pas buveurs indigènes!

Les Blancs éclatèrent encore de rire.

— Vous savez, dit encore Gosier-d'Oiseau en tournant son long cou vers Madame et en levant le bras dans ma direction, ces gens-là boivent au-delà de toute imagination...

Tous les Blancs se tournèrent pour le regarder. Il balbutia, lissa sa chevelure et reprit :

— Un jour... un jour... en tournée...

Il se gratta le pavillon de l'oreille et devint tout rouge.

— Un jour, j'avais demandé à un chef ce qu'il souhaitait pour la nouvelle année. « Que toutes les rivières se transforment en rivières de cognac! » me répondit-il le plus sérieusement du monde!

Le docteur fit glisser ses galons sur ses épaules, vida son verre et commença :

— L'hôpital manquera toujours d'alcool, c'est effarant! Les infirmiers tournent toutes les mesures que je prends pour empêcher le marché noir (les Blancs pouffèrent de rire à ces mots) de l'alcool à 90°.

Mme Salvain toussa, comme pour se donner du courage. Toutes les têtes obliquèrent vers elle. Elle semblait avoir été oubliée avec son mari.

— Tous les matins, c'est d'abord l'odeur d'alcool et de crasse qui me parvient de la véranda. C'est ce qui m'annonce que mon boy est là...

Cette confidence n'eut aucun succès. M. Salvain leva les yeux au ciel. Un silence plana sur la salle. M. Janopoulos étouffa mal son hoquet avec une toux. Les Blancs manifestèrent ostensiblement qu'ils n'avaient rien remarqué.

— Drôle de pays! dit la femme du pasteur américain avec un fort accent.

— Ce n'est pas New York City! dit bêtement sa grosse amie.

Les autres Blancs ne semblaient pas comprendre. Elles rirent toutes les deux comme si elles étaient toutes seules.

— Il n'y a pas de moralité dans ce pays, gémit la femme du docteur, faussement désespérée.

— Pas plus qu'à Paris! riposta l'instituteur.

Cette phrase avait été lancée comme un courant électrique dans les chairs de chaque Blanc de la salle. Ils tressaillirent à tour de rôle. Les oreilles du docteur devinrent rouge sang. Seule, Madame était restée impassible, ainsi que les Américaines qui n'avaient certainement rien entendu, tant elles chuchotaient entre elles. Le Blanc qui désinfecte Dangan D.T.T. haleta. Il se tourna brusquement vers l'instituteur.

— Qu'est-ce... qu'est-ce que vous vou... vou... Qu'est-ce que vous voulez dire? bégaya-t-il.

L'instituteur fit une moue méprisante et haussa les épaules. L'autre Blanc se leva et marcha sur lui. L'instituteur le regardait, impassible. Le désinfecteur de Dangan allait-il lui sauter à la gorge? La situation était tendue.

— Eh couillon! Vous n'êtes qu'un démagogue! lâcha-t-il.

— Je vous en prie, je vous en prie, monsieur Fernand! intervint le commandant.

M. Fernand retourna à sa place. Il fit semblant de s'asseoir. Quand ses fesses frôlèrent le fauteuil, il se détendit comme si un scorpion l'avait piqué. Ses bras battirent l'espace à plusieurs reprises. Il ouvrit la bouche, la referma, puis passa la langue sur ses lèvres.

— Vous êtes un traître, vous êtes un traître, monsieur Salvain! reprit-il. Depuis que vous êtes dans ce pays, vous menez une activité qui n'est pas digne d'un Français de France! Vous dressez les indigènes contre nous... Vous leur racontez qu'ils sont des hommes comme nous, comme s'ils n'avaient pas déjà assez de prétentions comme cela!...

M. Fernand s'assit. Gosier-d'Oiseau balança sa tête au bout de son cou en signe d'approbation. Quelques têtes l'imitèrent. Celle de Madame ne bougea pas.

— Pauvre France! dit Gosier-d'Oiseau en se mouchant.

L'instituteur haussa les épaules. Madame leva les yeux au ciel. La femme du docteur murmura quelque chose à l'oreille de son mari. Elle joignit les mains, minauda, puis prenant une voix étrange, commença en se tournant vers Madame :

— Ma chère, êtes-vous allée voir les ballets japonais au théâtre Marigny?

— Je n'en ai pas eu le temps. Je courais les ministères pour ne pas manquer de sur-

prendre Robert le jour de son anniver-
saire...

Elle regarda tendrement son mari qui lui
caressa le bras. La femme du docteur revint à
la charge. Elle cita un journal qui disait beaucoup de bien des ballets japonais. Quand elle
n'eut plus rien à dire, l'une des demoielles
Dubois la relaya. Elle cita plusieurs noms de
Blancs qui devaient être des musiciens ou
quelque chose dans la musique. Elle regretta
de n'avoir pas eu la chance qu'avait eue
Madame d'être à Paris au début de la
semaine. Elle se plaignit que le court de tennis fût en poto-poto sous les premières
pluies... qu'elle ne trouvât pas de bon joueur
de tennis à Dangan. Mme Salvain parla de
chevaux. Elle maudissait la zone de la forêt
où la mouche tsé-tsé empêchait les nègres
d'élever des chevaux. L'ingénieur suggéra
qu'on pourrait toujours tenter quelque chose...
M. Janopoulos discuta les cours du cacao avec
le commandant. Le docteur formula le vœu
d'avoir une sage-femme européenne. L'instituteur parla avec autorité. Il tint à expliquer
à tout le monde le comportement des nègres.
Chacun, pour le contredire, raconta sa petite
histoire personnelle avec un indigène pour
conclure que le nègre n'est qu'un enfant ou un
couillon...

On regretta l'absence du père Vandermayer, le saint homme qui usait sa vie pour
ces sauvages ingrats. On plaignit le « mar-

tyr ». C'est le père Gilbert qu'ils appellent
ainsi, depuis qu'il est mort, peut-être parce
qu'il est mort ici... La femme du docteur, des
larmes dans la voix, promit à Madame de
l'emmener fleurir sa tombe.

— C'était quelqu'un, lui, répétait M. Fernand, de manière que M. Salvain pût
l'entendre.

Les Américaines avaient oublié les autres.
Elles conversaient dans leur langue.

Quand le verre était vide, je me précipitais
pour le remplir. Je revenais aussitôt à ma
place, c'est-à-dire entre le battant de la porte
et le réfrigérateur. L'ingénieur me tournait le
dos. Madame et le commandant étaient en
face de moi. Madame ne touchait pas à
l'alcool. Les femmes des Grecs bavardaient en
sourdine avec leurs maris. Leurs rires étaient
aussi rares que les larmes de chien.

On en revint aux nègres.

— Pauvre France!... dit encore Gosier-
d'Oiseau. Les nègres sont maintenant
ministres à Paris!

Où allait la République? Chaque Blanc
inventa quelque chose pour se poser cette
question.

Ce fut M. Fernand qui, le premier, émit
cette interrogation.

— Où va le monde? reprit Gosier-d'Oiseau,
en écho.

Il parla ensuite d'un coup d'Etat qui devrait
purifier la France. Ils parlèrent de leurs rois,

d'un certain Napoléon... Tout le monde sembla très étonné quand Madame dit que le beau-père d'une impératrice qu'elle appelait Joséphine était un nègre...

On reparla des nègres... Ah! ceux-là alors! Le péril jaune n'était pas encore écarté et déjà se dessinait le péril noir... Qu'allait devenir la civilisation?...

Les premières gouttes de pluie crépitèrent sur la tôle ondulée de la Résidence. Le docteur et sa femme se levèrent les premiers. Tous les autres les imitèrent. Les Blancs vacillaient sur le plancher comme sur une peau de banane. Le commandant répondait par un grognement à tout ce qu'on lui disait. Madame reconduisit seule ses hôtes à la véranda. Les voitures s'ébranlèrent. Madame attendit que le dernier feu rouge disparût dans la nuit.

-:-

J'ai accompagné Madame au marché de Dangan. Elle avait tenu à y faire elle-même ses courses. Elle portait le pantalon noir qui met tant en valeur sa taille fine et un grand chapeau de paille qu'elle a apporté de Paris.

La place du marché de Dangan se trouve à quinze minutes de la Résidense. C'est une cour limitée par deux hangars qui abritent une boucherie et une poissonncrie. Un ruis-

seau souillé de détritus de toutes sortes sert
de poubelle et parfois de piscine.

C'est la place la plus animée de Dangan,
surtout dans la matinée du samedi. C'est le
lieu de rendez-vous de tous les indigènes du
quartier noir et des villages. Nous nous y
sommes rendus à pied. Je portais le panier à
provisions de Madame. Elle trottait devant
moi, souple et gracieuse comme une gazelle.
A dix mètres, mes compatriotes se découvraient. Sans avoir l'air de s'adresser à moi,
ils demandaient tout haut dans notre dialecte
si c'était bien « Elle ». Je leur répondais par
un signe de tête.

— Heureusement que je la rencontre avant
confesse! dit quelqu'un.

— Si c'était cette femme qui avait versé le
parfum sur la tête de Notre-Seigneur, l'histoire de la Bible aurait changé... ajoutait un
autre.

— Ça, c'est la vérité! approuva quelqu'un.

Les catéchistes nous suivirent longtemps du
regard. Un jeune homme nous dépassa à toute
allure sur sa bicyclette.

— Ça, c'est une femme! s'exclama-t-il. C'est
une femme parmi les femmes!

Des commentaires fusaient de toutes parts.
Les hommes, après avoir salué, restaient figés
dans leur position.

— Vois ce jeu de fesses! disait l'un. Quelle
taille! Quelle chevelure!

— Ah! Si l'on pouvait avoir ce qu'il y a dans ce pantalon! regrettait un autre.

— Frère, ton short doit être mouillé! me lança un gaillard.

— Dommage que tout ça soit pour les incirconcis! reprenait un autre avec une moue dépitée.

L'admiration des femmes était muette. Elles se contentaient de passer leur paume sur leurs lèvres. Une seule dit qu'elle trouvait les fesses de Madame trop molles...

M. Janopoulos, sorti d'on ne sait où, proposa à Madame de l'emmener dans sa puissante voiture américaine. Elle lui répondit qu'elle voulait découvrir Dangan à pied. Le Grec me jeta un bref coup d'œil par-dessus l'épaule de Madame. Elle rougit. Il partit en trombe.

Au marché, la foule s'ouvrait spontanément devant nous. Madame acheta des ananas, des oranges et quelques bananes. Elle visita la poissonnerie. Elle ne rougissait pas quand un indigène satisfaisait sans vergogne un besoin urgent au marigot.

A dix heures, nous reprîmes le chemin de la Résidence.

— Boy, que disent les passants? me demanda Madame à brûle-pourpoint.

— Rien... rien... répondis-je embarrassé.

— Comment rien? dit Madame en se retournant. Que signifie tout ce jargon qu'on crie sur mon passage?

— Ils... ils... vous trouvent très... très belle,
dis-je en haletant.

Jamais je n'oublierai le regard de Madame
au moment où ces mots m'échappèrent. Ses
yeux s'étaient rapetissés dans une expression
indéfinissable. Elle était redevenue toute
rouge. Une chaleur irritante m'embrasait de
la nuque à la plante des pieds. Madame
s'efforça de sourire.

— C'est très gentil à eux, me dit-elle. Il n'y
a pas de quoi en faire un mystère! Ce que je
ne comprends pas, c'est ton air idiot!...

Elle ne m'adressa plus la parole.

-:-

Madame se balançait dans un hamac, un
livre dans les mains. Tandis que je lui servais
à boire, elle me demanda :

— Boy, tu n'es pas content de travailler à
la Résidence?

Interloqué, je restai bouche bée. Elle
reprit :

— Tu donnes l'impression d'accomplir une
corvée. Bien sûr, nous sommes contents de toi.
Tu es irréprochable... Tu es toujours à
l'heure, tu accomplis ton travail avec conscience... Seulement, tu n'as pas cette joie de
vivre qu'ont tous les travailleurs indigènes...
On dirait que tu es boy en attendant autre
chose, je ne sais quoi...

Madame parlait sans reprendre haleine, en

regardant fixement devant elle. Elle se tourna
vers moi.

— Que fait ton père?

— Il est mort.

— Ah! mes condoléances...

— Madame est très bonne...

Après une pause, elle reprit :

— Dis-moi, que faisait-il?

— Il tendait des pièges aux porcs-épics.

— Tiens! c'est drôle ça! dit-elle en riant.
Tu sais aussi tendre des pièges aux porcs-
épics?

— Bien sûr, Madame.

Elle se balança, secoua la cendre de sa cigarette dont elle aspira la fumée avec délices.
Elle rejeta la fumée par la bouche et par les
narines dans l'espace qui nous séparait. Elle
gratta un bout de papier resté collé sur sa
lèvre inférieure, puis le souffla dans ma
direction.

— Tu vois, poursuivit-elle, toi, tu es déjà le
boy du commandant...

Elle me gratifia d'un sourire qui retroussait
sa lèvre supérieure, pendant que ses yeux
brillants semblaient chercher à déceler je ne
sais quoi sur mon visage. Pour dissimuler son
embarras, elle vida son verre puis reprit :

— Es-tu marié?

— Non, Madame.

— Pourtant, tu gagnes assez d'argent pour
t'acheter une femme... Et Robert m'a dit qu'en

tant que boy du commandant, tu étais un beau parti... Tu dois fonder une famille...

Elle me sourit.

— Une famille et même une grande famille, hein?

— Peut-être, Madame, mais ni ma femme ni mes enfants ne pourront jamais manger ni s'habiller comme Madame ou comme les petits Blancs...

— Mon pauvre ami, tu as la folie des grandeurs! dit-elle en s'esclaffant.

— Soyons sérieux, reprit-elle. Tu sais que la sagesse recommande à chacun de garder sa place... Tu es boy, mon mari est commandant... personne n'y peut rien. Tu es chrétien, n'est-ce pas?

— Oui, Madame, chrétien comme ça...

— Comment chrétien comme ça?

— Chrétien pas grand-chose, Madame. Chrétien parce que le prêtre m'a versé l'eau sur la tête en me donnant un nom de Blanc...

— Mais c'est incroyable, ce que tu me racontes là! Le commandant m'avait pourtant dit que tu étais très croyant?

— Il faut bien croire comme ça aux histoires de Blancs...

— Ça alors!

Madame semblait suffoquée.

— Mais, reprit-elle, tu ne crois plus en Dieu?... Tu es... redevenu fétichiste?

— La rivière ne remonte pas à sa source...

Je crois que ce proverbe existe aussi au pays de Madame?

— Bien sûr... Tout cela est très intéressant, dit-elle l'air amusé. Maintenant, va préparer ma douche. Ah! cette chaleur, cette chaleur...

–:–

Jamais le quartier indigène n'a connu une veillée aussi prolongée que celle de la nuit dernière. Tous les Noirs s'étaient réunis autour d'un grand feu dans la case à palabres.

Quand j'y entrai, le petit groupe des anciens écoutait Ali le Haoussa. C'est le seul marchand ambulant du quartier indigène. Sa barbiche est blanche et sa sagesse lui a donné une place parmi les anciens de Dangan. Il fut interrompu par Mekongo, l'ancien combattant.

— Je dis que vous vous fatiguez inutilement la tête à propos de cette femme du commandant. Tant que vous n'aurez pas couché avec une femme blanche, vous vous fatiguerez inutilement la tête. Moi, j'ai fait la guerre au pays des Blancs. J'y ai laissé ma jambe et ne regrette rien. J'ai vu toutes sortes de femmes blanches et je peux me permettre de dire que la femme du commandant est une femme blanche parmi les femmes blanches.

— Toi qui as fait la guerre, dit quelqu'un, toi qui as couché avec les femmes blanches,

dis-nous si les femmes blanches valent mieux
que les nôtres? Je ne suis pas sans tête pour te
poser cette question. Pourquoi les Blancs nous
interdisent-ils leurs femmes?

— C'est peut-être parce qu'ils sont incirconcis! lança quelqu'un

Tout le monde poutra ae rire. Quand le
calme fut revenu, Mekongo répondit à celui
qui l'avait interrogé :

— Obila, tu as une tête et elle est remplie
de sagesse. La question que tu me poses est
celle d'un sage, mais d'un sage qui cherche à
comprendre. Nos ancêtres disaient : « La
vérité existe au-delà des montagnes, pour la
connaître il faut voyager. » J'ai donc voyagé.
J'ai fait le grand voyage que tu connais. J'ai
couché avec les femmes blanches. J'ai fait
la guerre, j'ai perdu ma jambe et je peux te
répondre.

Lorsque je quittai ce pays, j'étais déjà un
homme. Si j'avais été un enfant, les Blancs ne
m'auraient pas appelé. En partant pour la
guerre j'avais laissé une femme enceinte. Pendant toute la guerre de Libye, je ne pensais
pas aux femmes. Après notre victoire, mon
bataillon fut dirigé sur Alger. Nous avions
une permission de vingt jours. J'avais tout
mon argent. Je pouvais commettre le péché
du sixième commandement, la mort était loin.
J'avais des Blancs comme caramades, de vrais
Blancs, ceux-là. Ils me disaient : « Camarat'
pour moi, toi viens avec nous, li femmes y en

a beaucoup en ville. » Je leur demandai : « Y en a-t-il femmes noires? » Ils me répondaient : « Femmes blanches, madames blanches. » Je pensais que les Blanches et les Noirs ne pouvaient dormir ensemble. Ça ne s'était jamais fait ici. Mais quand mes amis blancs me racontèrent que les Saras avaient déjà des bonnes amies blanches, je résolus de suivre mes amis blancs. Ils me conduisirent au bordel. C'est une grande maison pleine de femmes. Depuis que je suis né, je n'avais jamais vu ça. Il y en avait de toutes les couleurs, de toutes les grosseurs, de tous les âges. Les unes avaient les cheveux qui étaient comme la barbe de maïs, d'autres avaient des cheveux qui étaient ou plus noirs que du coaltar ou plus rouges que la latérite de nos cases. Un Blanc au gros ventre et avec des boursouflures sous les yeux me dit de choisir l'une des femmes qui défilaient devant moi. Moi, je voulais une vraie Blanche, cheveux couleur de la barbe de maïs, yeux de panthère, les fesses comme une pâte collée au mur.

— Ça, c'était une vraie femme blanche, approuva quelqu'un.

Tout le monde hocha la tête. Un murmure d'approbation parcourut la foule. Mekongo continua :

— Quand j'eus fait mon choix, la femme vint près de moi et me passa la main sous le menton. Nous entrâmes dans une chambre.

Jamais je n'avais vu de chambre pareille. Il y avait des glaces partout. Nos images couvraient les murs et le plafond. Un grand lit était fait à la manière des Blancs. Plus loin, il y avait un paravent derrière lequel se trouvait tout ce qu'il faut pour se laver. La femme que j'avais choisie portait une grande robe avec beaucoup de boutons devant. Elle était aussi grande que moi et aussi blanche qu'un pique-bœuf. Ses cheveux de barbes de maïs tombaient sur ses épaules. Elle vint près de moi en riant et m'appela « mon petit poulet ». Mon sang ne fit qu'un tour. Je me levai. Elle recula, effrayée. Je lui demandai pourquoi elle m'insultait. Elle se mit à rire en se tortillant. Cela m'exaspéra de plus en plus. J'aurais pu lui donner une bonne gifle, mais j'avais peur d'être cassé. Quand elle se fut calmée, elle m'expliqua qu'elle ne m'injuriait pas et que les femmes blanches donnent tous les noms à celui qui fait la chose avec elles. Elle me montra une lettre qu'elle allait envoyer à l'un de ses poulets-lieutenants. Je lus en effet « mon poulet adoré » ou « adoré », je ne sais plus. Je compris qu'elle disait la vérité.

— Ce qui arriva ensuite!... Je voudrais d'abord qu'on fasse sortir les enfants.

Ceux qu'on chassa de la case à palabres sortirent en maugréant.

— Je crois qu'ils sont tous partis, dit Mekongo. Approchez, je ne voudrais pas trop élever la voix. Ce que je vais vous raconter ne se raconte pas...

Tous les hommes se regroupèrent autour de Mekongo.

— Tu as bien de la chance d'avoir fait la guerre! dit quelqu'un.

C'est alors que je m'éloignai.

-:-

Il y a deux semaines que Monsieur est parti en tournée. Madame a paru nerveuse tout l'après-midi. Elle m'a demandé à plusieurs reprises si personne n'était venu. Elle a fait venir la sentinelle et lui a posé la même question. Je me demande bien qui cela peut être.

Elle s'est mise ensuite à arpenter la véranda. Madame s'ennuie...

-:-

Le blanchisseur que j'ai trouvé pour Madame est un garçon intelligent. Il est plus jeune que moi et parle mal français. Il travaillait à l'hôpital. Il m'a dit qu'il y faisait un peu de tout. Tantôt il aidait les manœuvres à arracher les mauvaises herbes de la cour, tantôt il vidait les poubelles où l'ont jette les vieux pansements. Il aidait aussi les infirmiers à tenir les pieds des malades récalcitrants qui ne voulaient pas se faire soigner à l'hôpital et que l'ambulance y amenait de force.

Je lui ai demandé comment il trouvait Madame.

— Comme toutes les femmes blanches d'ici, m'a-t-il répondu.

— Mais elle est la plus belle? insistai-je.

— Tu sais, m'a-t-il répondu en haussant les épaules, je ne sais pas apprécier la beauté d'une femme blanche...

— Il est curieux, ce garçon... Il s'appelle Baklu.

Je me demande bien qui Madame pouvait attendre hier...

-:-

Le régisseur de prison est venu bavarder avec Madame. Je me demande si c'était lui qu'elle attendait l'autre jour...

-:-

C'est bien lui, c'est bien M. Moreau que Madame attendait l'autre jour. Comment n'ai-je jamais pensé à celui-là? De tous les Blancs de Dangan, M. Moreau est celui qui est vraiment un homme parmi les hommes. Les indigènes l'appellent « l'Eléphant blanc ». C'est l'un de ces hommes que l'on ne peut voir sans en garder le souvenir. On n'oublie pas la carrure du régisseur de prison. Il en impose à

tout le monde à Dangan, même au commandant.

Je me demande pourquoi il n'est pas venu
comme ses compatriotes souhaiter la bienvenue à Madame. Le lion aurait-il attendu le
départ du berger pour venir dévorer la brebis?

Le garde, son gros index sur les lèvres, était
venu à moi ce matin en marchant sur la
pointe des pieds. Madame dormait encore. Il
appuya ses bras sur mes épaules et je sentis
ses lèvres humides sur mon oreille. Je ne
comprenais rien à tout ce mystère.

— En vérité, avait-il commencé, dans un
souffle, on ne peut pas dire que je n'aie pas
vu le régisseur de prison prendre congé de
Madame après minuit...

Le garde me prit par la main et m'entraîna
au fond de la véranda.

— Les affaires sont comme elles sont,
reprit-il avec son air mystérieux. Elles ont
leurs responsables et se font comme elles
doivent se faire. Si je parle, c'est parce que
j'ai une bouche. Si je vois, c'est parce que j'ai
des yeux. L'œil va plus loin et plus vite que la
bouche, rien ne l'arrête dans son voyage...

— Ainsi je parle, reprit-il après une
pause.

Il passa sa large paume sur ses lèvres.

— Je parle en disant que la panthère
tourne autour de la brebis. Je n'y suis pour

rien, ce sont ces machins (il pointa les deux index sur ses yeux) qui l'ont vu.

Le garde me fixait comme s'il attendait quelque chose de moi.

— Toi, tu as de la chance de pouvoir transpirer par ce froid, dit-il encore. On voit bien que tu n'as pas le sang vieux.

Je portai machinalement la main sur mon nez. Il était moite. Je m'assis sur le perron. Je me sentais envahir par un engourdissement étrange. Il me sembla que je n'avais plus mes jambes.

— Toi, tu aurais dû penser à moi au lieu de te saouler tout seul! s'exclama le garde en s'asseyant lourdement à côté de moi. Tu aurais pu m'apporter quelque chose pour me réchauffer les boyaux!

Il bâilla.

— Les as-tu entendus discuter toute la nuit? m'entendis-je demander.

— Qui ça? demanda le garde interloqué.

— Comment qui ça? fulminai-je. Madame et...

— Aaaaaaaaaaakiééééééé!... s'écria-t-il. Ça commence toujours comme ça, avec des questions qui n'en finissent pas! Je ne vous comprends pas, vous, les enfants d'aujourd'hui. Au temps des Allemands, nous ne nous intéressions pas aux histoires de Blancs. Je ne comprends pas, je ne comprends pas pourquoi tu me poses cette question...

Il soupira.

— Je ne t'ai pas dit que je les ai entendus...
Je t'ai dit que c'est ce qu'ils disaient qui est
parvenu à mes oreilles. Moi, je n'y suis pour
rien...

— Bonne matinée, les amis ! Avez-vous bien
dormi ?

C'était Baklu qui venait d'arriver. Il se fit
une place entre le garde et moi. Le garde
grommela.

— Vous en faites une drôle de tête tous les
deux ! reprit Baklu.

Il nous regarda à tour de rôle. Le garde
voulut se lever. Baklu le retint par le fond de
son short. Il se laissa choir, résigné.

— C'est de ma faute, commença le garde
avec un petit tremblement dans la voix. Ma
bouche a toujours été plus vite que moi...

Il pressa ses lèvres.

— Je n'ai été que celui qui a vu et entendu
malgré lui.

— Toi, tu parles comme si tu avais un scorpion accroché à tes couilles ! s'exclama Baklu.
Avec moi, tu n'as rien à craindre, mon oreille
est une tombe. Tu ne vas pas refuser cela à un
frère, et un vrai... implora-t-il.

— Je sais, je sais, dit le garde en balançant
la tête à droite et à gauche.

Il écarta les mains comme un prêtre
disant : « *Dominus vobiscum.* » Il commença :

— Mon frère, écoute ce qui change nos
têtes. J'ai dit à Toundi ce qui est parvenu à

mes oreilles et ce qui s'est passé devant mes yeux... L'Eléphant blanc que tu connais a visité le champ du commandant en son absence...

— Qu'est-ce que vous avez à voir là-dedans? demanda Baklu interloqué.

— Rien, rien du tout, s'empressa de répondre le garde. C'est justement ce que je disais à Toundi...

Baklu se tourna vers moi. Il me considéra longtemps, profondément et détourna les yeux. Il fit une grimace ennuyée, se gratta la tête et toussa.

— Toundi, mon frère, mon frère aimé, commençait-il, si tu pouvais savoir combien tu m'inquiètes... Que cherches-tu au juste? Depuis quand le pot de terre se frotte-t-il contre les gourdins? Que veux-tu donc?

— Tu parles comme un ancien, dit le garde en approuvant bruyamment. Ça me console, tous les jeunes d'aujourd'hui ne sont pas des fous...

Le clairon du camp de gardes sonna huit heures.

— Au travail! dit Baklu en se levant. Nous sommes ici pour travailler, rien que pour travailler.

— Ça me fait tout de même mal au cœur de penser que Madame puisse faire ça au commandant, reprit le garde. Elle vient tout juste d'arriver de France...

— Essaie donc de fermer tes mâchoires! lui cria Baklu. On a déjà dit que cette histoire ne nous regardait pas et tu continues à en parler!

— Tu sais, mon fils, dit le garde, il n'y a rien de pire que les pensées... Je n'y suis pour rien... Seulement, je voudrais savoir si ça s'est fait ou si ça doit se faire... C'est toi qui es le blanchisseur, tu verras bien les draps...

— Ça, je n'y avais pas pensé! répondit Baklu. Tu es une vieille tortue!

Ils rirent ensemble en se faisant des clins d'œil. Je partis préparer la douche de Madame.

—:—

Baklu attendait devant la buanderie. A neuf heures, Madame n'était pas encore levée. Le garde vint rejoindre Baklu. Je ne percevais que des bribes de leur conversation. Il était toujours question de savoir si cela avait eu lieu ou non. Mille pensées m'assaillaient. Je me demandais jusqu'à maintenant comment Madame, féminine comme elle l'est, pouvait se contenter tout juste de Monsieur... Le Régisseur est de ces hommes qui ne font pas de cour aux femmes. Il sait ce qu'il veut et pour atteindre le fruit de l'arbre, il n'attend pas qu'il tombe.

-:-

L'après-midi.

Tout est consommé. Pauvre Commandant !

Jusqu'à onze heures, Madame dormait encore. Je comprends maintenant qu'il y avait de quoi. Un peu avant midi, elle appela le blanchisseur. De la cuisine, je vis Bakul, riant sous cape, filer à la buanderie. Il adressa de grands gestes au garde qui s'esclaffa. Puis il me fit signe de le suivre. Je courus verser la bassine d'eau chaude dans la baignoire, puis je rejoignis Baklu et le garde à la buanderie.

Il n'y avait pas de doute, tout avait été consommé pendant la nuit... Pauvre commandant !

M. Moreau est revenu à quatre heures. Madame était heureuse. Elle chantait et trottait dans la maison comme un cabri.

Pauvre commandant !

-:-

L'un des gardes qui accompagnent le patron dans sa tournée est arrivé à la Résidence à midi. Il a remis une lettre à Madame. Elle l'a parcourue d'un coup d'œil. Elle y a écrit quelque chose au dos et l'a mise dans une autre enveloppe que j'ai portée aussitôt au régisseur.

Quand M. Moreau m'a vu, il a quitté sa femme à table et m'a rejoint à la véranda. Il m'a presque arraché l'enveloppe des mains. Quand il eut fini de lire, je crus qu'il allait m'embrasser. Il m'a donné un paquet de cigarettes. C'est tout ce que j'ai pu dire à Madame en réponse. Elle aussi a paru transportée.

Ah! Ces Blancs, quand ils sont déchaînés dans leurs passions, rien d'autre ne compte pour eux.

Certainement que le commandant en a encore pour quelques jours dans la forêt du « Chimpanzé malin ».

Pauvre patron...

–:–

Madame avait fait partir tout le personnel à six heures. Elle m'avait dit de rester pour servir le dîner qu'elle offrait à M. et Mme Moreau. Ils sont arrivés à sept heures. Madame portait sa robe de soie noire qui la moule si bien. M. Moreau était superbe dans un complet sombre qui avait été taillé sur ses mesures. Mme Moreau était vraiment insignifiante. Elle portait une robe blanche qui ne mettait en valeur ni ses seins ni ses hanches. Je me demande comment une femme aussi frêle peut supporter un colosse aussi bien portant que le régisseur. Quand ils arrivèrent à la Résidence, je compris que le calvaire de

Mme Moreau allait commencer. Cette invitation me paraissait très osée.

Ma patronne et M. Moreau ne s'en faisaient pas. Ils gardaient leurs mains sous la table et il ne fallait pas être sorcier pour deviner ce qui se passait. Mme Moreau se leva une première fois et me demanda de la conduire aux toilettes. Je la précédai en éclairant la véranda avec une torche électrique. Mme Moreau se traînait derrière moi en reniflant. Elle avait porté son mouchoir à sa bouche.

Je la laissai aux toilettes et revins furtivement regarder par la fente de la fenêtre du salon d'où filtrait la lumière. M. Moreau embrassait Madame sur la bouche.

Je revins à pas de loup attendre Mme Moreau qui semblait s'éterniser. Une demi-heure s'était écoulée quand nous revînmes au salon. Mme Moreau se repoudra, puis, alléguant un violent mal de tête, s'excusa auprès de son mari et de Madame. M. Moreau l'accompagna en voiture.

Il revint une heure après.

— Tu peux partir, Joseph, me dit Madame avec componction.

—:—

Le patron est arrivé ce matin. Cette arrivée inattendue ne laisse augurer rien de bon. Le garde dit qu'il a dû rêver qu'on couchait avec sa femme.

J'étais en train de laver la vaisselle quand le ronronnement bien connu s'éteignit près du garage. Il était onze heures et Madame, qui ne se réveille pas avant midi depuis le départ de son mari, devait encore se délecter de sa brûlante nuit.

J'avais couru au garage pour prendre la valise de mon maître.

— Bonjour, Monsieur, dis-je en arrivant.

— Tiens, bonjour Joseph. Madame n'est pas là?

— Si, Monsieur, elle est encore couchée.

— Elle est malade?

— Je ne sais pas, Monsieur.

Le patron se hâta vers la Résidence. Ses courtes jambes se déplaçaient avec une dextérité extraordinaire. J'activais mes grandes jambes derrière lui, sa valise sur ma tête. J'avais pitié de cet homme qui courait vers sa femme pour qui il n'était plus le seul homme. Il fallait que je voie les manières de Madame au retour de son mari, maintenant qu'elle l'avait trompé.

Emmitouflée dans son peignoir éponge, elle attendait le commandant sur la véranda. Elle esquissa un pâle sourire et vint à sa rencontre. Mon maître l'embrassa sur la bouche. Pour la première fois, Madame ne ferma pas les yeux.

Je me tenais derrière mes maîtres. Je ne pouvais leur demander de me laisser passer pour porter la valise de Monsieur dans sa chambre... Je baissai les yeux. Dans l'espace d'un éclair je les relevai. Ils rencontrèrent ceux de Madame. Je les vis devenir tout petits. Puis ils s'agrandirent comme si elle avait assisté à une scène d'épouvante. Instinctivement, je regardai à mes pieds pour voir si je n'étais pas à la portée de quelque reptile venimeux. J'entendis Monsieur demander à Madame s'il y avait quelque chose qui n'allait pas.

— Mais tu es toute verte, Suzy!

— Oh! ce n'est rien, répondit-elle.

Le patron me tournait toujours le dos. Madame ne me quittait pas des yeux. Le commandant desserra son étreinte. Ils entrèrent au salon.

Je demeurai quelques instants au pied des marches. La terreur de Madame m'avait cloué sur place. Je furetai autour des tiges de citronnelles, gîte préféré des serpents verts dont la morsure ne pardonne pas. Je sentis quelque chose de mou et de gluant sous mes pieds. Je bondis en poussant un grand cri. Mon maître se précipita à la fenêtre. J'avais honte de moi-même, honte d'avoir crié parce que mon pied s'était posé sur une peau de banane.

— Qu'est-ce qu'il y a, Joseph? vociféra le commandant.

— Rien, Monsieur.

— Tu es devenu complètement cinglé, mon

pauvre ami! Depuis quand gueule-t-on ainsi pour rien? C'est un truc de chez toi?

— Oui, mon Commandant, c'est pour saluer votre arrivée, répondis-je, inspiré par la question du commandant.

J'accompagnai ces paroles de mon sourire le plus naïf. Mon maître haussa les épaules et disparut. Je pénétrai au salon et demandai la clé de la chambre pour ranger la valise.

— Pose-la sur la chaise, dit Madame, j'irai la ranger moi-même.

Le déjeuner fut morne. Un silence lourd planait dans la maison. Je me tenais coi près du réfrigérateur. Le commandant me tournait le dos. Madame baissait ostensiblement le nez dans son assiette.

Avant le départ de Monsieur, les repas étaient gais et le babillage de Madame donnait un peu de vie à leur tête-à-tête quotidien.

Le commandant demanda encore à sa femme si elle était malade.

— Non, je te dis que non, répondit-elle.

— Je ne comprends pas... je ne comprends pas, grommelait le commandant. Peut-être est-ce cette chaleur qui agit sur tes nerfs? Il faut absolument que tu ailles voir le docteur... Tu dois sûrement avoir mal à la tête?

— Oui, un peu... dit Madame, lointaine.

— Boy, de l'aspirine! commanda le patron.

Quand je donnai la boîte à Madame, sa main tremblait.

— Ça te fera du bien, tu verras, dit le commandant. Il faut absolument que tu ailles voir le docteur demain.

Il se dirigea pesamment vers la véranda.

LE JOURNAL DE TOUNDI

DEUXIÈME CAHIER

Bien que Dangan soit divisée en quartier européen et en quartier indigène, tout ce qui se passe du côté des maisons au toit de tôle est connu dans le moindre détail dans les cases en poto-poto. Les Blancs sont autant percés à nu par les gens du quartier indigène qu'ils sont aveugles sur tout ce qui se passe. Nul n'ignore que la femme du commandant trompe son mari avec notre terreur, M. Moreau, le régisseur de prison.

— Toutes ces femmes blanches ne valent pas grand-chose, me disait l'autre jour le boy de M. Moreau. Même la femme d'un grand chef comme le commandant se laisse envoyer dans la voiture de son mari sur les pistes de Dangan! Ce qui est triste, c'est que ces histoires se terminent souvent par des coups de feu...

Et de me raconter ensuite comment il avait vu deux Blancs s'entretuer en Guinée espagnole à cause d'une femme qui n'était même pas tout à fait blanche, l'une de ces femmes que, nous-mêmes, nous méprisons...

Comment peut-on tuer ou se faire tuer pour une femme? Nos ancêtres étaient gens bien sages qui disaient : « La femme est un épi de maïs à la portée de toute bouche pourvu qu'elle ne soit pas édentée. »

-:-

Pour la première fois, Madame a reçu son amant en présence de son mari. M. Moreau à la Résidence, cela m'a donné mal au ventre pendant toute la soirée. Maintenant j'enrage contre moi-même. Qui me guérira de cette sentimentalité absurde qui me fait souvent passer des moments pénibles dans des circonstances où je n'ai absolument rien à faire?

Ces Blancs défient la chance dans leurs passions. Vraiment, je ne m'attendais pas à voir M. Moreau paraître à la Résidence maintenant que tout Dangan sait. Le commandant est trop persuadé de son importance pour douter de la fidélité de sa femme. Il a passé la soirée à se rengorger comme un dindon. Il ne s'est aperçu ni de ces petits soins superflus que prodiguent à leur mari les femmes qui n'ont pas la conscience tranquille, ni de cette politesse glaciale entre Madame et leur hôte. Politesse des complices qui savent qu'ils doivent s'ignorer...

C'est curieux, les mille expressions qui peuvent se succéder sur le visage d'une femme en ces moments-là. Les petits sourires de Madame changeaient du tout au tout suivant qu'ils étaient destinés à son amant ou à son mari. Quand elle souriait au premier, je ne voyais plus que ses cils. Quand elle souriait au commandant, la sueur qui perlait sur son front témoignait des efforts qu'elle faisait pour rire le plus naturellement du monde. Elle y parvenait difficilement tout en tamponnant une larme imaginaire... Le commandant se trémoussait alors avec un petit rire supérieur auquel succédait une expression navrée, comme s'il avait été désolé que le régisseur de prison, qu'il considérait de très haut, n'ait pas compris. Ce dernier riait alors à retardement. Ce qui provoquait pour une fois le rire naturel de Madame!

Il arriva que les yeux de Madame errèrent du côté du réfrigérateur, à proximité duquel j'attendais les ordres. Elle devint toute rouge et détourna aussitôt la conversation sur les nègres. M. Moreau parla de ceux qu'il détenait en prison. A l'entendre, on aurait pris la prison de Dangan pour le paradis des nègres de la ville. A l'en croire, ceux ou celles qui en sortaient les pieds devant mouraient de plaisir... Ah! ces Blancs!...

-:-

Madame m'attendait sur le perron. Quand elle m'aperçut, elle cessa de tourner sur elle-même. Son regard ne me quitta plus tant que je montai l'escalier.

— Cela fait une demi-heure que je t'attends! dit-elle en réprimant un mouvement d'impatience. Tu quittes la Résidence comme ça l'après-midi? Je crois que ta journée finit à minuit? D'où viens-tu?

— Du soleil, Madame, répondis-je en lui faisant mon sourire le plus idiot.

Cela envenima les choses.

— Tu te fiches de moi?

— N... nn... non, Madame, répondis-je en simulant un bégaiement.

— Tu te crois très malin! dit-elle avec un sourire méprisant. Depuis un certain temps, tu te crois tout permis! Tout le monde le remarque ici, même mes invités!

Elle plongea les mains dans les poches de sa robe de chambre de soie. Ses yeux devinrent tout petits. Elle s'avança sur moi. La brise légère qui venait derrière elle apportait une odeur de parfum et de sueur féminine qui embrasa tout mon corps. Elle me regarda, interdite. Elle se passa la main sur le visage et reprit d'une voix calme :

— Désormais, à la moindre incartade, je te congédierai. Tu peux disposer.

— Je filai à la cuisine. C'était l'heure de la

plonge. De la cuisine, je vis Madame coiffer son casque et entreprendre dans la cour l'inspection du linge qu'avait lavé Baklu.

— Washman! Washman! appela-t-elle.

Aucune réponse. Comme une panthère blessée elle courut à la buanderie. Je savais que Baklu y dormait tous les après-midi en attendant que son linge sèche au soleil. Avec un peu d'attention on pouvait entendre ses ronflements de la cuisine. Des éclats de voix nous parvinrent.

— Baklu a son affaire, dit le cuisinier.

— Espèce de fainéant! de paresseux! criait Madame. Où te crois-tu? Où vous croyez-vous tous ici? Monsieur dort!... Allez, ouste!

Baklu, qui ne semblait pas bien réveillé, traversa la cour en titubant, suivi de Madame. Elle hésitait à pousser ce grand corps décharné qui flottait dans un vieil uniforme de « Suisse ». Baklu s'arrêtait, se frottait les yeux, étouffait un bâillement. Les vociférations de Madame semblaient lui révéler sa présence. Il réalisait qu'il avait la femme du commandant à ses trousses. Il accélérait alors le pas, apeuré. Ils arrivèrent devant le linge étendu.

— Tu appelles ça du linge propre! s'exclama Madame en lui lançant les caleçons et les maillots du commandant au visage. Espèce de sommeilleux!...

Les shorts kaki du commandant, les chemises, les slips de Madame, les draps

volèrent à la tête du pauvre Baklu. Il psalmo-
diait une réponse que Madame imitait avec
une drôle de grimace tout en allongeant sa
lèvre inférieure et en balançant sa tête à
droite et à gauche.

— Ça ne peut plus avoir la couleur du
neuf, Madame, ça ne peut plus avoir la couleur du neuf...

Baklu ramassait le linge autour de lui.
Madame ne semblait pas l'entendre. Elle parlait, parlait. Jamais je ne l'avais vue ainsi.

— Que peut-on attendre de vous autres!
disait-elle.

« Et dire qu'elle n'avait pas cru ce que lui
avaient dit des âmes bien averties! Maintenant ça allait changer... »

— Monsieur le régisseur de prison a bien
raison de dire qu'il vous faut la chicotte,
continua-t-elle. Vous l'aurez, vous l'aurez! On
verra bien qui sera le plus malin!

Elle regarda du côté de la cuisine et nous
aperçut à la fenêtre. Elle fonça sur nous. Elle
inspecta les casseroles, trouva une carafe
brisée. Elle l'estima à un prix qui réduisait la
paie du cuisinier et la mienne de moitié.

— Ce n'est qu'un commencement, disait-elle,
ce n'est qu'un commencement...

Elle parla longtemps dans l'encadrement de
la porte de la cuisine. Elle traita le cuisinier
de vieux macaque, se fit menaçante, puis,
n'ayant plus rien à dire, elle courut à la Résidence. La porte du salon claqua. Plus tard,

nous entendîmes le bruit du pick-up qu'elle sortait du garage. La sentinelle nous rejoignit à la cuisine en courant. Elle se plia en deux de rire tout en balançant ses grands bras. Elle regarda furtivement du côté de la Résidence comme pour se rassurer.

— Elle est partie! dit le garde avec un large sourire de connivence. Aujourd'hui c'est jeudi.

— Je n'y avais pas pensé, dit Baklu. En tout cas elle est à point! Bienheureux, le régisseur! Madame est déjà poto-poto...

— Moi, je croyais que la pluie était tombée sous ses bras! repartit le garde. Madame est vraiment poto-poto...

Le cuisinier, prostré devant les haricots qu'il épluchait, se passa la main sur le visage.

— Décidément, dit-il, je n'arriverai jamais à m'acheter une femme... Le peu qui me reste ne me permet même pas d'acheter des cigarettes...

— C'est tout de même triste de dépendre des caprices d'une chienne! dit gravement le garde.

Le silence tomba sur nous.

— C'est tout de même triste... m'entendis-je répéter.

-:-

Monsieur est encore parti en brousse ce matin. Cet homme est infatigable. J'ai peur. Ce nouveau départ ne me laisse rien de bon.

Sa présence était ma sécurité. Que me réserve le silence de Madame? Elle ne m'appelle plus que par signes... C'est ce qu'elle a fait ce matin en me remettant la lettre que je devais porter à son amant sitôt le départ de son mari.

J'ai trouvé le régisseur de prison en train d' « apprendre à vivre » à deux nègres soupçonnés d'avoir volé chez M. Janopoulos.

En présence du patron du Cercle européen, M. Moreau, aidé d'un garde, fouettait mes compatriotes. Ils étaient nus jusqu'à la ceinture. Ils sortaient des menottes, et une corde enroulée autour de leur cou et attachée sur le poteau de la « Place de la bastonnade » les empêchait de tourner la tête du côté d'où leur venaient les coups.

C'était terrible. Le nerf d'hippopotame labourait leur chair et chaque « han! » me tenaillait les entrailles. M. Moreau, échevelé, les manches de chemise retroussées, s'acharnait sur mes pauvres compatriotes avec une telle violence que je me demandais avec angoisse s'ils sortiraient vivants de cette bastonnade. Mâchonnant son cigare, le gros Janopoulos lançait son chien contre les suppliciés. L'animal mordillait leurs mollets et s'amusait à déchirer leur fond de pantalon.

— Avouez donc, bandits! criait M. Moreau. Un coup de crosse, Ndjangoula!

Le grand Sara accourut, présenta son arme et assena un coup de crosse sur les suspects.

— Pas sur la tête, Ndjangoula, ils ont la tête dure... Sur les reins...

Ndjangoula donna un coup de crosse sur les reins. Les nègres s'affaissaient et se relevaient pour s'affaisser sous un autre coup plus violent que le premier.

Janopoulos riait. M. Moreau s'essoufflait. Les nègres avaient perdu connaissance.

Nous avons vraiment la tête dure, comme le disait M. Moreau. Je m'attendais à voir celle de mes compatriotes voler en éclats au premier coup de crosse de Ndjangoula. On ne peut avoir vu ce que j'ai vu sans trembler. C'était terrible. Je pense à tous ces prêtres, ces pasteurs, tous ces Blancs qui veulent sauver nos âmes et qui nous prêchent l'amour du prochain. Le prochain du Blanc n'est-il que son congénère? Je me demande, devant de pareilles atrocités, qui peut être assez sot pour croire encore à tous les boniments qu'on nous débite à l'Eglise et au Temple...

Comme d'habitude, les suspects de M. Moreau seront envoyés à la « Crève des Nègres » où ils auront un ou deux jours d'agonie avant d'être enterrés tout nus au « Cimetière des prisonniers ». Puis le prêtre dira le dimanche : « Mes chers enfants priez pour tous ces prisonniers qui meurent sans avoir fait la paix avec Dieu. » M. Moreau présentera son casque retourné aux fidèles. Chacun y jettera quelque chose en plus de ce qu'il avait prévu pour le dernier commandement de l'Eglise.

Les Blancs ramasseront l'argent. On a l'impression qu'ils multiplient les moyens de récupérer le peu d'argent qu'ils nous paient!

Pauvres de nous...

-:-

Je ne sais plus ce que j'ai fait quand je me suis décidé à rentrer à la Résidence. La scène de la bastonnade m'avait bouleversé. Il y a des spectacles qu'il vaudrait mieux ne jamais voir. Les voir, c'est se condamner à les revivre sans cesse malgré soi.

Je crois que je n'oublierai jamais ce que j'ai vu. Jamais je n'oublierai le cri guttural et inhumain de plus petit des suspects quand Ndjangoula lui assena le coup de crosse qui réussit à arracher tout de même un juron à M. Moreau et qui fit tomber le cigare de M. Janopoulos. Les Blancs s'en allèrent en haussant les épaules et en parlant avec les mains. M. Moreau se retourna brusquement et m'appela avec son index. Il me prit à l'épaule tandis que M. Janopoulos lui faisait des coups d'œil entendus. Je sentais sa main brûlante et humide à travers mon tricot. Quand nous fûmes hors de la portée de M. Janopoulos, M. Moreau lâcha mon épaule et fouilla dans ses poches. Il m'offrit une cigarette et alluma la sienne.

— Tu ne fumes pas? me demanda-t-il en m'offrant du feu.

— Pas avant la nuit, répondis-je, ne sachant quoi lui dire.

Il haussa les épaules et tira une longue bouffée de sa cigarette.

— Tu diras à Madame que je serai là vers... voyons... (il consulta sa montre) hum... hum... je serai là à trois heures. Compris?

— Oui... oui... Monsieur, répondis-je.

Il m'empoigna par la nuque et me força à le regarder. La cigarette que j'avais gardée derrière l'oreille tomba. Pour ne pas le regarder, je voulus me baisser pour la ramasser. Il posa son pied dessus et je sentis ses doigts durcir sur ma nuque.

— Fais pas le malin avec moi... Compris? souffla-t-il en m'obligeant à me relever.

— Ecoute, mon petit, continua-t-il, les lascars, ça me connaît... Tu as vu? dit-il en pointant son pouce derrière son épaule en direction de la prison.

Il me lâcha le cou et me regarda en roulant de grands yeux. Il sourit et me lança son paquet de cigarettes. Cela était si inattendu que je ne pus le saisir au vol. Il passa pardessus ma tête.

— Ramasse le paquet... il est à toi, dit-il en s'esclaffant.

— ...

— Tu sais, reprit-il, quand on est gentil avec moi, je fais des cadeaux. Toi, tu es mon ami, n'est-ce pas?

— Oui, Monsieur, m'entendis-je répondre.

— Bien... dit-il. Te rappelles-tu ce que je t'ai dit?

— Oui, Monsieur.

— Qu'est-ce que j'ai dit?

— Vous avez dit que vous viendriez voir Madame à trois heures...

— Bien... N'oublie pas de le lui dire... Quand le commandant revient-il?

— Je ne sais pas, Monsieur.

— Bon... Tu peux filer, dit-il en me jetant un billet de cinq francs.

Il tourna les talons.

En arrivant à la Résidence, je m'aperçus que ma main avait mis le billet en morceaux.

Madame guettait mon retour en faisant semblant de s'occuper des fleurs. Elle vint au-devant de moi puis son sourire se figea. Elle devint toute rouge. Elle essaya sans succès de soutenir mon regard. Elle se donna une claque sur la jambe pour y écraser une mouche imaginaire.

— Il viendra à trois heures... à l'heure de la sieste... dis-je en m'éloignant.

Ses lèvres remuèrent. Sa poitrine se souleva et s'affaissa comme un soufflet de forge. Son teint devint terreux et elle resta le menton niché dans sa main gauche. L'autre pétrissait un pan de sa robe.

Quand j'eus rejoint le cuisinier, il me dit :

— Tu vas te créer des ennuis en parlant
tout le temps à Madame avec ton sourire en
coin... Tu n'as pas entendu comment elle t'a
dit : « Merci, monsieur Toundi? » Tu sais,
quand un Blanc devient poli avec un indigène, c'est mauvais signe...

Bien avant trois heures, M. Moreau était là.
Madame l'attendait en se balançant dans son
hamac. Il avait changé de chemise, il portait
par-dessus son short kaki de ce matin une
grande chemise de soie bariolée qui ressemblait à un boubou de Haoussa. Il n'avait pas
pris le sentier qu'il avait tracé de ses pas et par
lequel il débouchait directement sous la fenêtre de la chambre de Madame par les nuits de
clair de lune quand le commandant n'était
pas là. Nous nous demandions pourquoi il
avait pris la grande route où on pouvait le
voir de la maison du docteur, en contrebas de
la Résidence. Il avançait en faisant tourner
une chaînette au bout de son index. Quand
Madame l'aperçut, elle m'appela pour que je
prépare deux whiskies. Madame boit toujours
de l'alcool en l'absence de son mari. Elle
sauta de son hamac et tendit son bras nu
jusqu'à l'épaule au régisseur de prison qui y
posa longuement ses lèvres en attendant sûrement mieux. Madame se tortilla en se dres-
sant sur ses orteils. Ils rirent ensemble et
pénétrèrent au salon. Madame s'assit sur le
divan et fit signe au régisseur de prendre
place à côté d'elle. Je leur approchai une

table basse où j'avais servi les deux whiskies.

— Il est drôle, votre boy, dit M. Moreau au
moment où j'allais me retirer.

— C'est M. Toundi... dit Madame en déta-
chant chaque syllabe.

— Depuis combien de temps l'avez-vous à
votre service? demanda M. Moreau.

— C'est Robert qui l'a engagé, répondit
Madame. Il paraît que c'était le boy du révérend père Gilbert. Son successeur en avait dit
beaucoup de bien... Mais c'est un esprit chimé-
rique, enclin à la folie des grandeurs... Depuis
un certain temps, il prend des libertés... Mais
il sait maintenant à quoi s'en tenir.

M. Moreau se souleva a moitié et écrasa sa
cigarette dans le cendrier. Il avait roulé, écar-
quillé, fermé et rouvert ses yeux avec de
grands mouvements de sourcils pendant que
Madame parlait. Il me foudroya du regard et
une mèche rebelle qui pendait sur son front
remua. Il se frotta les mains et se pencha vers
Madame. Ils me regardèrent en même
temps.

— Approche, toi! m'appela le régisseur
avec son index.

Puis, s'adressant à Madame :

— Vous voyez, il n'ose pas nous regarder.
Son regard est aussi fuyant que celui d'un
Pygmée... Il est dangereux. C'est comme ça
chez les indigènes. Quand ils n'osent plus vous

regarder, c'est qu'ils ont une idée bien arrêtée dans leur tête de bois...

Il me saisit par le cou et me força à le regarder. Il n'eut aucun mal pour cela et dit en détournant la tête :

— C'est étrange... Vous feriez mieux de le congédier. Je vous trouverai autre chose. La place de celui-ci est chez moi... à Bekôn (1), ajouta-t-il dans ma langue.

— Mais Robert tient à lui, dit Madame, il lui trouve je ne sais quelles qualités... Je lui ai demandé à plusieurs reprises de le renvoyer, mais vous savez comme Robert est têtu...

Ainsi, c'était grâce au commandant que j'étais encore à la Résidence. J'avais bien raison de craindre son absence.

— Ce n'est pas la peine de faire semblant de t'occuper à ranger la vaisselle, dit Madame en élevant la voix. Débouche une bouteille de Perrier et laisse-nous tranquilles, monsieur Toundi.

Je leur apportai la bouteille pétillante.

— Madame a-t-elle encore besoin de moi? demandai-je.

— Non! répondit-elle avec impatience.

Je m'inclinai et sortis à reculons. Quand je fus sous la véranda, j'entendis la porte claquer et la clé tourner dans la serrure.

Un cantique trotta dans ma tête. Il

1. La prison.

s'échappa tout haut de mes lèvres. Nous le
chantions en français pour les agonisants :

Ferme ta porte, saint Pierre,
Ferme ta porte et suspends tes clés,
Il ne viendra pas, il ne mourra pas,
Ferme ta porte, saint Pierre,
Ferme ta porte, et suspends tes clés...

-:-

Baklu, la main droite appliquée contre son
nez, tenait entre le pouce et l'index de la main
gauche les serviettes hygiéniques de Madame.
Il vint dans la cuisine. Le cuisinier lui ferma
la porte au nez et l'abreuva d'injures. Baklu
repartit en riant à la buanderie. Il en revint
quelques instants plus tard tout en flairant
ses doigts dégoulinant d'eau qu'il s'évertuait à
faire sécher en battant une drôle de mesure
dans tous les sens.

— Ne pousse pas jusqu'ici! lui cria le cuisinier en entrouvrant la porte, ne pousse pas
jusqu'ici!

— Alors quoi? demanda Baklu en s'esclaffant, on dirait que vous autres êtes très au-
dessus de ces choses! Rien qu'à voir cela, ça
vous retourne le cœur, à vous! Et moi alors,
moi qui les lave avec ces mains!

Il les agita puis reprit .

— Qu'est-ce que vous voulez, c'est comme

ça, chacun son métier! Vous, vous êtes dans les marmites... et moi dans le linge...

Le cuisinier le regardait tout ébahi. Baklu continua :

— Ça m'étonne que tu en sois encore là, dit-il au cuisinier. Je ne pense pas que ce soit la première fois que tu voies ces choses...

— Qu'est-ce que tu veux, dit le cuisinier en se passant la paume sur le visage, on a beau les voir, on a toujours l'impression que l'œil a été très loin... Que diraient nos ancêtres s'ils voyaient que c'est nous qui lavons ces choses chez les Blancs!

— Il y a deux mondes, dit Baklu, le nôtre est fait de respect, de mystère, de sorcellerie... Le leur laisse tout en plein jour, même ce qui n'a pas été prévu pour ça... Eh bien, il faut s'y faire... Nous autres washmen sommes comme les docteurs, nous touchons tout ce qui répugne à un homme normal...

— Que sommes-nous, nous autres, pour ces Blanches? demanda le cuisinier. Toutes celles que j'ai servies ont toujours confié ces choses au washman comme s'il n'était pas un homme... Ces femmes n'ont pas de honte...

— Tu parles de la honte! Mais ce sont des cadavres! explosa Baklu. Depuis quand un cadavre a-t-il eu honte? Comment peut-on parler de honte pour ces femmes blanches qui se laissent manger la bouche en plein jour devant tout le monde! qui voudraient passer leur vie à frotter leur tête contre la joue de leur mari... ou de leur amant le plus souvent, en poussant des soupirs et qui se moquent éperdument de l'endroit où elles se trouvent pour cela! qui ne sont peut-être bonnes qu'au lit et qui sont incapables de laver leurs slips, leurs serviettes hygiéniques... On prétend qu'elles travaillent beaucoup dans leur pays. Celles d'ici en tout cas...!

Baklu allait continuer quand Madame se montra dans la véranda. Il la regarda, lui adressa un demi-salut puis nous fit des clins d'œil.

— Washman! appela Madame, que fais-tu là?

— Rien, Madame. Je parlais de ma bonne amie à...

Madame se mordilla les lèvres pour ne pas rire. Elle fit un effort pour lui dire :

— Au travail! ce n'est pas le moment...

Baklu détala vers la buanderie.

—:—

Je fus un peu étonné quand je vis la femme du docteur apparaître dans l'escalier de la Résidence. Il était quatre heures et Madame n'était pas encore réveillée. Je courus au-devant de la femme du docteur pour la débarrasser de son ombrelle. Elle m'écarta vivement de son chemin et détourna la tête. Elle monta dignement les deux dernières marches et pénétra dans la véranda. Elle

frappa sans succès à la porte, se retourna.
Elle revint sur la dernière marche, hésita à
descendre. Résignée, elle m'appela. Elle
haussa ses sourcils pelés et me parla sans
desserrer ses dents dorées.

Je courus à la chambre de Madame. Elle
n'avait pas fermé la porte. Elle dormait la
bouche ouverte, un bras pendant hors du lit et
les jambes croisées. Une mouche, semblable à
un grain de beauté, suçait sa pommette. Elle
était en pantalon et avait déboutonné son corsage ajouré, laissant voir sa poitrine drue
sous son soutien-gorge rose.

Je toussai fort tout en frappant un petit
coup à la porte. Elle poussa un soupir, ouvrit
les yeux et bondit de son lit en se couvrant la
poitrine.

— La femme du docteur est à la véranda,
dis-je en guise d'excuse.

Elle boutonnait son corsage tout en me
regardant avec une colère méprisante conte-
nue.

— Fais-la entrer au salon, dit-elle. Tu ne te
donnes plus la peine de frapper à la porte
maintenant?

— La porte était ouverte, Madame, répondis-je, et j'ai frappé quand même...

— Ça suffit, coupa-t-elle. Va préparer des
citrons pressés avec l'eau Perrier.

Elle me fit claquer la porte au nez. Quand je
revins à la véranda, la femme du docteur se
poudrait le visage tout en faisant des gri-

maces devant une glace minuscule qu'elle tenait dans le creux de sa main. Elle ne semblait pas m'avoir entendu venir. Elle faisait
des efforts pour allonger des lèvres imaginaires. A chaque mouvement, des rides jaillis-
saient comme par enchantement sous ses
petits yeux éteints. Elle rangea sa glace et son
poudrier. Elle réprima un haut-le-corps en
m'apercevant. Elle haussa encore un sourcil
pelé avec un rictus qui écartait curieusement
sa bouche. Je m'inclinai et ouvris toute
grande la porte du salon. Elle s'y engouffra
avec hauteur. Je lui indiquai un siège. C'est à
ce moment que Madame se montra.

Elle avait eu le temps de passer sa robe de
soie grise et de se composer un visage frais.
Elle joua l'étonnement tout en parlant du
plaisir que lui valait la visite de la femme du
docteur. Celle-ci assura que la mine de
Madame était resplendissante, tandis que
Madame mentait en disant qu'elle trouvait
très chic le petit chapeau de la femme du
docteur. Elles parlèrent de la chaleur et des
prochaines pluies. La femme du docteur, en
vieille coloniale, se plaisait à tout exagérer.
Elle demanda des nouvelles du commandant,
fit son panégyrique, parla, sans reprendre
haleine, de Mme Salvain et de son époux, de
tous les Blancs de Dangan. Elle se plaignait
des accès de paludisme de son mari et ne
s'arrêta que lorsqu'elle me fit l'honneur d'un
merci distant pour éloigner la carafe de son

verre. Madame l'écoutait avec de petits sourires forcés, la tête entre le pouce et l'index.
Elles levèrent leurs verres, les posèrent à
leurs lèvres et les reposèrent presque en
même temps. La femme du docteur joignit les
mains. Elle se pencha vers Madame, se rejeta
avec un petit rire aigu sur le dossier de son
fauteuil et se pencha à nouveau. Elles fu-
mèrent. La femme du docteur se mit à réca-
pituler encore tout ce qu'elle avait dit depuis
le début. Elle parla de sa fille qui était étu-
diante à Paris, du prochain hiver où elle re-
verrait sa Michelle.

J'avais d'abord suivi leur conversation
comme d'habitude en faisant semblant de
m'affairer au salon. Quand mes oreilles
furent fatiguées, je m'efforçai de penser à
autre chose. Je ne savais plus où elles en
étaient quand un mot de la femme du docteur
attira mon attention. C'était tout ce que
j'avais entendu d'une phrase qu'elle avait
prononcée en se penchant à l'oreille de
Madame.

— ... c'était hier dans l'après-midi... disait-
elle.

Elles me regardèrent toutes les deux en
même temps et Madame rougit. Puis elles ne
s'occupèrent plus de moi.

— Vous savez, reprit la femme du docteur,
ils s'imaginent que nous ne pouvons pas comprendre leur langue... Mes boys sont tombés
des nues hier quand je les ai surpris à la

véranda en train de montrer du doigt
M. Moreau qui passait devant chez vous. Ils
parlaient tout en s'esclaffant et en criant :
« Toundi! Toundi! » Je leur ai demandé ce
qu'ils voyaient et ils m'ont dit que c'était...

La femme du docteur se pencha encore vers
Madame et elles se retournèrent encore toutes
les deux vers moi. Madame baissa les yeux.

— Ils sont comme ça, reprit la femme du
docteur, gênants et indiscrets. Ils sont partout
et nulle part...

Bien qu'elle chuchotât à l'oreille de
Madame, j'entendis encore sa dernière
phrase.

— Vous devez faire attention... Il est encore
temps puisque votre mari ne sait encore
rien...

Madame voulut prendre sa tête entre ses
mains. Elle se ravisa, vida son verre et essuya
les petites gouttes de sueur qui perlaient sur
son visage. Les deux dames se levèrent et
sortirent sur la véranda. Elles parlèrent
encore longuement. Le clairon des gardes
sonna la demie de cinq heures. Madame rac-
compagna la femme du docteur jusqu'à la
rue.

Quand elle revint, elle appela le cuisinier
pour allumer la lampe « Aïda ». C'était moi
qui l'allumais chaque soir quand les premiers
papillons de nuit me frôlaient de leurs ailes.
Le père Gilbert m'avait appris à allumer une
lampe à essence : c'était là une spécialisation

dont j'étais fier. A la Résidence tous les autres domestiques avaient une peur bleue d'approcher la lampe qui avait fait quelques veuves au quartier noir en éclatant entre les mains d'un boy.

Le cuisinier fit semblant de ne pas entendre. Madame vint à la cuisine. Elle fit mine de m'ignorer en passant près de moi, saisit le tablier du cuisinier entre le pouce et l'index et lui montra la lampe dans la véranda. Le cuisinier balança ses mains en signe de prière et dit que, depuis qu'il travaillait chez les Blancs, il n'avait jamais allumé de lampe « Aïda ». Madame ne se découragea pas. Elle appela Baklu qui, à cette heure, devait cuver sa bière de maïs quelque part au quartier indigène...

De l'index elle montra à nouveau la véranda au cuisinier qui se cabra comme un mouton qu'on pousse sous la pluie. Elle réprima un mouvement de colère et se retourna vers moi. Elle semblait faire un effort surhumain pour me parler. Je ne lui en laissai pas le temps et partis allumer la lampe.

La véranda, la cour et la cuisine furent inondées de lumière. Madame faisait les cent pas. Elle passait et repassait dans la zone d'ombre entre la cuisine et la buanderie. Le cuisinier traversa la cour avec un plat fumant sur la tête.

Je me dépêchai de mettre le couvert.

Madame entra, elle ne leva la tête ni ne desserra les dents durant le dîner. Ensuite, elle nous congédia.

–:–

Madame faisait son courrier. Elle levait de temps en temps la tête et ses yeux erraient, sans me voir, sur le réfrigérateur que j'étais en train d'astiquer. Elle repoussa la table sur laquelle elle était en train d'écrire et vint cueillir quelques pétales d'hibiscus dans le bouquet du salon. Elle les mit dans l'enveloppe, la mouilla avec sa petite langue rose et la colla. Elle se leva, prit ses papiers et disparut dans sa chambre.

— Boy! ma douche est-elle prête? me demanda-t-elle à travers la cloison.

— Oui, Madame, répondis-je.

Elle essaya de siffler mais comme elle semblait manquer de souffle, elle se tut. Le bruit d'un flacon se brisant sur le ciment lui arracha un « Zut! » Elle m'appela pour que j'enlève les débris. C'était l'un des flacons de produits qu'elle met sur son visage le soir. Des fragments de verre avaient pénétré sous le lit. Je m'agenouillai et sondai le dessous du lit d'un grand coup de balai qui ramena non seulement les débris de verre, mais aussi de petits sacs de caoutchouc. Il y en avait deux. Quand Madame n'entendit plus le frottement du balai, elle se retourna. En me voyant en train de tourner et de retourner les petits sacs

avec mon balai, elle bondit sur moi et tenta
de les repousser sous le lit d'un coup de pied.
Elle ne réussit qu'à en piétiner un qui éjecta
un liquide sur le sol.

— Fiche-moi le camp! rugit-elle, fiche-moi
le camp! C'est ça! tu ne sais pas ce que c'est,
hein? continua-t-elle, hors d'elle. Tu ne sais
rien! Ce sont des préservatifs, m'entends-tu?
Des préservatifs, oui, des préservatifs! Va le
raconter partout! Cela te fera un sujet de
conversation avec tous les boys de Dangan...
Allez! Fiche-moi le camp!

Il y a des moments où les colères d'un
Blanc vous laissent sans réaction. Vraiment,
j'avoue que du coup je ne comprenais rien...
absolument rien. Madame me poussa dehors
et je me retrouvai abasourdi à la véranda.

Le cuisinier me guettait de la fenêtre de la
cuisine. Il hocha tristement la tête, frappa sa
main droite contre la gauche et appliqua la
paume de cette dernière contre sa bouche.
Cette façon qu'il avait de montrer son étonnement avait le don de m'exaspérer. Il détourna
la tête et disparut. Je tenais encore stupide-
ment mon balai.

Je descendis l'escalier et revins à la cuisine.
Le cuisinier me tourna le dos et s'abstint pen-
dant un bon moment de m'adresser la parole.
Enfin, il parla :

— Toundi, tu ne connaîtras jamais ton
métier de boy. Un de ces quatre matins, tu
seras cause d'un malheur. Quand compren-

dras-tu donc que, pour le Blanc, tu ne vis que
par tes services et non par autre chose! Moi,
je suis le cuisinier. Le Blanc ne me voit que
grâce à son estomac... Vous, les enfants de nos
jours, je ne sais pas ce que vous avez... Depuis
les Allemands, le Blanc n'a pas changé, c'est
moi qui te le dis. Il n'a fait que changer de
langue... Ah! vous, les enfants de nos jours,
vous nous désolez...

Il fit une pause.

— Qu'est-ce que tu as encore fait à
Madame ce matin? reprit-il.

— ...

Il répéta sa question.

— ...

— Ne me regarde pas avec ces yeux-là,
reprit-il. Je suis plus vieux que toi, tu pourrais être mon fils. C'est la voix de la sagesse
qui te parle... Hors de son trou, la souris ne
défie pas le chat...

— Ce que tu dis est la vérité, lui répondis-
je enfin, mais dis-moi... ces petits sacs de
caoutchouc... le boy ne peut-il pas...

Il ne me laissa pas achever. Un rire
énorme fendit latéralement son visage grave
de l'instant d'avant. Il se laissa choir sur une
caisse vide, secoué par les spasmes du rire. Il
me regarda et se mit à rire de plus belle.
Baklu accourut de la buanderie.

— Qu'est-ce qu'il y a? demanda-t-il, prêt
déjà à s'esclaffer. Qu'est-ce qu'il y a?

Le cuisinier se tenait les côtes. Il leva le bras

dans ma direction, une crise de rire le fit
baisser aussitôt. Il haletait et s'essuya les
yeux. Pendant ce temps, Baklu montrait ses
dents de chèvre en se donnant une avance sur
le rire que le cuisinier lui promettait en souf-
flant : « Attends... aaa... at... attends! » Il se
calma enfin et remonta son pantalon avec ses
avant-bras, puis il s'avança vers le buffet
comme un gorille vers un arbre. Il se versa un
petit verre de vin rouge. Il se racla la gorge et
revint s'asseoir sur la caisse.

— Des occasions de rire comme ça, commença-t-il, on en trouve une fois par an!

Il s'essuya à nouveau les yeux.

— Ne sois pas égoïste! dit Baklu qui
s'impatientait. Combien me vends-tu la nouvelle?

— Une femme! dit le cuisinier en éclatant
de rire.

Cela signifiait que la nouvelle coûtait telle-
ment cher qu'il préférait la lui annoncer pour
rien.

— Eh bien, commença-t-il, Toundi et Madame se sont querellés pour des petits sacs...

— Lesquels? demanda Baklu, la lèvre pen-
dante, faussement interloqué.

— Les petits sacs de caoutchouc, tu sais...
que les Blancs...

Il termina sa phrase en empoignant ses parties. Baklu se plia en deux, fit marche arrière
jusqu'à ce que son derrière cognât le buffet. Il
se laissa glisser à terre et ses épaules se soule-

vèrent et s'affaissèrent successivement tandis
qu'il laissait échapper de petits jappements
de chien. Le cuisinier se leva et alla lui tapo-
ter l'épaule.

— Ça fait longtemps que je n'ai pas ri
comme ça! dit Baklu en époussetant le fond
de son pantalon.

— Raconte-nous ça, petit! me dit le cuisinier en me donnant une bourrade.

Il ne me laissa pas commencer.

— Ces Blancs! s'exclama-t-il, avec leur
manie d'habiller tout, même leurs...

Ils se mirent encore à rire.

— Ça même, ça sert à quoi? demanda
Baklu d'une manière faussement naïve.

— Paraît que c'est pour faire bien... Ils
mettent ça comme ils mettent le casque ou les
gants... disait le cuisinier avec de petits airs
entendus qui narguaient ma naïveté.

— C'est très juste, repartait Baklu. C'est un
petit vêtement pour ça...

Ils rirent encore.

— Je me sauve, dit Baklu en s'en allant,
j'ai deux paniers de linge sale...

Le cuisinier renifla, s'essuyant le nez du
revers de sa main.

— Petit, commença-t-il, tu sais bien qu'on
rit partout, même quand on veille un mort.
J'espère que tu ne m'en veux pas pour ce
satané rire qui m'a pris tout à l'heure?

Il sourit encore puis redevint grave.

— Je comprends que tu aies exaspéré

Madame, reprit-il, ton balai a été un peu loin. Vois-tu, c'est un peu comme si tu avais découvert la chose de M. Moreau à la Résidence... Une femme ne pardonne pas ces choses-là. C'est plus grave que si tu avais regardé sous sa robe. Une femme blanche n'admettra jamais que son boy fasse de pareilles découvertes...

Il faisait beaucoup d'efforts pour ne pas rire encore. Sa puissante mâchoire inférieure tremblait. Il me tourna le dos, un spasme secouait sa nuque.

Madame apparut sur le perron. Elle ouvrit la bouche mais aucun son ne sortit de sa gorge. Elle m'appela enfin pour que je lui donne le balai. Elle me l'arracha des mains et disparut. Un moment plus tard, j'entendis le petit bruit sec de la paille sur le ciment.

— Elle va balayer elle-même sa chambre à ce que je vois! dit le cuisinier. Si au moins elle pouvait venir faire elle-même la cuisine!

— Elle balaie elle-même sa chambre! nous cria Baklu dans notre langue. Si elle pouvait aussi laver son linge!

A onze heures, lorsque Madame eut fini de s'habiller, la femme du docteur vint la chercher en voiture.

— Je ne rentrerai pas déjeuner, nous dit-elle d'une voix un peu tremblante.

La voiture démarra. Elle avait à peine dis-

paru que Baklu et la sentinelle nous rejoi-
gnirent. Ils commencèrent encore à rire.

— J'avais tout entendu! dit le garde. Je pensais que j'allais éclater avec cette maudite
ceinture!

Il pinça sa cartouchière.

— Qu'est-ce que les Blancs n'iront pas
inventer! dit le cuisinier. Ils sont déjà incirconcis comme ça et ils éprouvent encore le
besoin de se fabriquer d'autres enveloppes!

— Celle qu'on achète à la pharmacie empê-
chent leurs femmes d'être enceintes, dit
Baklu. Ils les emploient aussi quand ils couchent avec les femmes indigènes pour ne pas
avoir de maladie. C'est l'infirmier qui m'a dit
ça...

— Alors pourquoi font-ils la chose?
demanda le garde. Ils sont fous, ces Blancs...
Comment peuvent-ils dire qu'ils font la chose
si c'est avec un peu de caoutchouc!

Ils discutèrent préservatifs tout l'après-
midi. Madame revint à quatre heures. Elle
traversa la cour, la tête à demi baissée. Elle
s'engouffra dans sa chambre et ne reparut
qu'au dîner. Elle toucha à peine au poulet,
mangea une banane et but sa tasse de café
habituelle. Elle avala des comprimés et nous
dit de ne pas partir avant minuit.

Quand nous partîmes, elle ronflait déjà. La
sentinelle m'aida à fermer les fenêtres et les
portes de la Résidence.

-:-

Le cuisinier, ce matin, a présenté à Madame la femme de chambre qu'elle l'avait chargé de lui trouver. C'est, dit-il, la cousine de la nièce du beau-frère de sa sœur.

C'est une jeune gourgandine, toute en derrière et dont la poitrine tient encore. Elle était pieds nus et portait par-dessus son pagne une veste de tailleur et une seule boucle d'oreille en or qui trahissait luxueusement sa misère. C'est une vraie fille de chez nous avec ses grosses lèvres, ses yeux de nuit et son air endormi. Elle attendait Madame, assise sur la première marche, une brindille dans la bouche.

Le cuisinier nous raconta qu'il avait appris seulement hier soir qu'ils étaient parents. Oui, c'était bien la cousine de la nièce du beau-frère de sa sœur.

— C'est une fille des villes, nous raconta-t-il, elle n'est jamais retournée au village. Les Blancs sont fous de son derrière, vous avez vu, ces gentils petits foies d'éléphanteau qui bombent son pagne. Mais c'est une fille qui ne fera jamais fortune! Ses parents ont dû manger un marchand ambulant; elle ne tient pas en place. Elle avait vécu dans la région de la mer avec un Blanc. Le Blanc parlait de l'épouser et de l'emmener dans son pays. Vous savez, quand un Blanc épouse une fille de chez nous, c'est souvent un morceau de

chef. Le Blanc n'avait plus de cœur, la cousine de la nièce du beau-frère de ma sœur en
avait fait une bouchée en une seule nuit... On
le voyait-on, dit-on, assis des journées entières
avec Kalisia — c'est ainsi qu'elle s'appelle —
sur ses maigres genoux. Et puis, un matin,
Kalisia s'en alla, comme ça, avec le départ des
oiseaux de fin de saison sèche... Le Blanc
pleura, remua ciel et terre pour la retrouver.
On craignit pour sa raison et le commandant
de là-bas le fit rapatrier. Kalisia, qui en avait
assez des Blancs, vécut longtemps avec un
nègre de la côte, vous savez, ceux qui ont la
peau salée. Elle s'en alla encore. Elle vécut
encore avec d'autres Blancs, avec d'autres
nègres, avec d'autres hommes qui n'étaient ni
tout à fait noirs ni tout à fait blancs. Puis elle
est revenue à Dangan comme l'oiseau revient
au sol après s'être fatigué dans les airs...

— Et c'est elle que tu as choisie pour être
la femme de chambre de Madame? demanda
Baklu un peu suffoqué par cette histoire. Ce
ne sont pas les femmes qui manquent dans
notre quartier...

— Madame m'avait dit de lui chercher une
femme de chambre propre, pas voleuse et
comprenant le français, répondit le cuisinier.
Je ne pouvais pas trouver mieux. Et puis elle
connaît les Blancs mieux que nous tous,
ajouta-t-il en nous regardant à tour de rôle.

— Je crains que cette femme ne provoque
une histoire qui nous fera tous aller en prison,

dit Baklu. Un homme qui vit ne peut la voir sans...

Le cuisinier rit.

— Est-ce pour le commandant ou pour l'un de nous que tu parles? demanda-t-il. Moi, je connais le commandant, c'est le genre de Blanc qui saura toujours se faire violence même s'il en a fort envie... D'ailleurs, sa femme est là, il n'y a pas de danger. Et puis la Résidence n'est pas vaste et je ne vois pas le commandant dans une rigole...

— Je crois qu'il ne faut pas se fier au grade pour ces choses-là, dit Baklu, surtout quand il s'agit des Blancs. Vous voyez bien Madame...

— Nous verrons bien! dit le cuisinier. Les femmes sentent ces choses-là. Je peux vous dire que si Madame accepte Kalisia à son service, c'est qu'elle ne la trouve pas dangereuse...

A neuf heures, Madame dormait encore. Le soleil commençait à devenir accablant. Il cuisait délicieusement la peau. Kalisia avait dénudé ses épaules. Elle avait ramené ses genoux sous son menton et somnolait comme le petit margouillat tapi sur un bout de journal à la portée de sa main. Baklu s'était étendu à plat ventre derrière la buanderie, tandis que moi, assis sur la dernière marche de l'escalier, j'attendais le réveil de Madame tout en me laissant envahir d'un bien-être chaleureux.

Soudain, la fenêtre de la chambre de Madame s'ouvrit. Je me réveillai en sursaut. Elle se frotta les yeux et acheva de boutonner sa veste de pyjama. Elle s'étira, étouffa un bâillement et m'appela. Elle ne m'ouvrit pas la porte et se contenta de me parler à travers le battant. Elle m'envoya changer l'eau de sa douche. Elle voulait se laver à l'eau froide. A onze heures, elle était fraîche comme un poussin du jour et faisait l'inspection des pièces que j'avais nettoyées. Elle consulta la carte du menu, regarda ce qui restait de vin, but le verre de citron pressé que je lui prépare tous les matins et se mit à consulter le volumineux courrier qui l'attendait sur le divan.

Le cuisinier entra. Agacée, Madame lui demanda ce qu'il voulait.

— Femme de chambre y en a là... dit-il en s'inclinant avec un large sourire.

Le cuisinier a le génie de la révérence. Il faut le voir s'incliner devant Madame ou devant le commandant. Ça commence par un frémissement imperceptible des épaules qui gagne ensuite tout son corps. Comme s'il était sous l'empire d'une force mystérieuse, son buste commence à plier graduellement. Il se laisse aller, les bras collés au corps tout en rentrant son ventre jusqu'à ce que sa tête roule sur sa poitrine. En même temps, des fossettes de rire se creusent sur ses joues. Quand il a pris la forme d'un arbre blessé à mort par un coup de hache, il fait un large sourire.

Depuis que Madame lui a dit qu'il faisait très homme du monde, le cuisinier se sent de jour en jour gonflé d'importance après chaque révérence.

Il ne vit pas ce petit regard froid que lui décocha Madame par-dessus la lettre qu'elle lisait fébrilement.

— Où est-elle? demanda-t-elle.

Le cuisinier sortit en courant et appela Kalisia. Elle répondit par un « hum... » chantonnant et boutonna sa veste. Elle retira de sa bouche la brindille qu'elle suçait et commença à monter paisiblement l'escalier. Tout paraissait las chez cette femme. Elle ne faisait aucun effort pour lever ses pieds qui heurtèrent toutes les marches pendant qu'elle gravissait l'escalier. Elle se pencha dans l'embrasure de la porte et nous lorgna. Madame s'était replongée dans la lecture de sa lettre. Elle la tenait d'une main tandis que, de l'autre, elle secouait de temps en temps son fume-cigarettes. Le cuisinier se tenait à côté d'elle au garde-à-vous, la tête levée vers le plafond.

Madame termina enfin sa lettre. Elle poussa un soupir. Elle nous considéra tour à tour.

— Fais entrer la femme, dit-elle au cuisinier.

Il fit un geste à Kalisia. Elle toussa, se passa la paume sur les lèvres et pénétra au salon.

Madame écarta son courrier et croisa ses jambes. Kalisia fixait Madame avec cette indifférence insolente qui l'exaspère toujours de notre part. Le contraste était saisissant entre les deux femmes. Celle de chez nous était plus calme, d'un calme que rien ne semblait devoir troubler. Elle regardait Madame sans intérêt, avec cette expression atone de brebis qui rumine... Madame avait changé deux fois de couleur. Du coup sa robe devint humide sous les bras. C'était la transpiration qui précédait ses colères. Elle regardait Kalisia de haut en bas tout en abaissant les commissures de ses lèvres. Elle se leva. Kalisia était un peu plus grande qu'elle. Madame commença à tourner autour d'elle. Kalisia était maintenant complètement ailleurs tout en faisant semblant de regarder ses mains. Madame revint s'asseoir devant elle et frappa du pied. Le cuisinier claqua les talons. Kalisia regarda son parent et au passage accorda un petit coup d'œil à Madame qui redevint toute rouge. Pour ne pas sourire, je détournai la tête.

— Monsieur Toundi ! tonna-t-elle.

Elle alluma une cigarette, aspira une bouffée qu'elle rejeta avec une détente de tout son corps. Des gouttelettes de sueur perlaient sur son front.

— As-tu déjà été femme de chambre? demanda-t-elle à Kalisia.

— Ouououioiii... répondit Kalisia avec un sourire.

— Où ça?

— Là-bas... vers la mer... répondit Kalisia en tendant le bras vers l'ouest, du côté de la mer.

Je n'en pouvais plus. Je me mordis les lèvres. Kalisia avait une conception particulière de son métier. J'intervins et expliquai à Madame qu'il fallait lui poser la question autrement. Quelque chose dans le sens de « As-tu été boy de chambre? » Kalisia poussa un « Ah! » et me dit dans ma langue qu'elles allaient continuer un dialogue de sourdes.

Kalisia avoua qu'elle n'avait jamais été femme de chambre de sa vie mais qu'elle ferait de son mieux pour satisfaire Madame, car c'était tout ce qu'elle voulait faire maintenant pour vivre... Cette demi-confession parut toucher Madame. Du coup, elle retrouva son air supérieur avec cette semi-défaite de Kalisia.

— Je verrai si je peux te garder, dit-elle. Toundi te mettra au courant.

Elle nous congédia du revers de la main.

— Vous pouvez commencer maintenant! nous cria-t-elle.

Kalisia me suivit dans la chambre de Madame.

— Ces Blancs sont riches! dit-elle en parcourant la chambre du regard. J'aime travailler chez des Blancs comme ceux-ci. Tu sais, quand ils sont pauvres, ils sont aussi avares qu'un catéchiste... J'avais été une fois la bonne amie d'un Blanc qui comptait les morceaux de sucre et qui mesurait après chaque repas la longueur du pain qui restait. Est-ce qu'ils ont la main souple ceux-là?

— Quand ils ne sont pas en colère, répondis-je. Tu verras toi-même...

— La patronne est belle! dit Kalisia. Une femme blanche avec des yeux comme les siens ne peut se passer d'homme, disons... (elle alla lorgner Madame par la fente de la porte) je dirai qu'elle ne peut se passer d'homme pendant même pas deux semaines... Je parie qu'elle a un amant. C'est qui?

— Tu le verras toi-même... répondis-je.

— Espèce de canaille, de vicieux, de cachottier! s'écria-t-elle. De petites hanches comme les tiennes sont souvent le nid des grands boas, continua-t-elle en me pinçant les fesses. Madame ne doit pas ignorer cela!

Elle m'empoigna les parties et poussa un petit cri rauque.

— Tu vois, j'avais raison, reprit-elle, ça a déjà mangé la chair blanche... j'en suis certaine. C'est toi! C'est toi, l'homme de Madame! Je m'en suis rendu compte tout de suite! Il fallait voir ses yeux quand elle t'a parlé!

C'était vraiment trop fort. Ce sans-gêne et

ce manque de tenue finirent par m'exaspérer. Je la foudroyai du regard et du coup son excitation tomba.

— Je ne savais pas que je t'avais fâché, mon frère, dit-elle avec un accent de repentir qui fit tomber complètement ma colère.

— Ce n'est rien, lui répondis-je. Tu es seulement allée trop loin...

Nous sourîmes. Elle me fit un clin d'œil et nous retournâmes le matelas de Madame.

— Comment la trouves-tu? me demanda-t-elle après une pause.

— Quoi? demandai-je.

— Madame, dit-elle.

Je fis un geste vague.

— Combien de fois faites-vous ça par semaine? questionna-t-elle encore.

Je levai les bras au ciel d'étonnement.

— Ecoute-moi bien, lui dis-je, tu feras mieux de te taire ou de retourner chez toi! Si tu es folle, moi je ne suis pas fou...

— Ça alors! s'exclama-t-elle. Alors, il n'y a rien entre vous? Tu es pourtant un homme... Là-bas, du côté de la mer, les boys couchent avec leurs patronnes, c'est courant... Ici, vous avez trop peur des Blancs... C'est idiot. Je t'assure que...

— Ça va, coupai-je.

Nous étendîmes le dessus de lit. Madame vint dans sa chambre et ne dit rien sur notre travail.

— Ça, c'est une femme! dit encore la diabolique Kalisia quand Madame s'en alla.

Kalisia travaillera deux heures tous les jours à la Résidence. C'est tout de même une brave fille.

-:-

Le commandant nous est tombé du ciel cet après-midi. Nous ne l'attendions pas avant la fin de la semaine. Madame, elle-même, en parut interloquée.

Le commandant avait les traits tirés. Avec son petit short fripé et sale, il avait l'air d'un gamin qui vient de faire l'école buissonnière. Il ne desserra pas les dents quand il descendit de voiture. Il prit sa serviette, effleura le front de Madame de ses lèvres et se dirigea pesamment vers sa chambre. Madame, après nous avoir ordonné de décharger la voiture, le suivit aussitôt. Elle laissa la porte ouverte.

Elle appela son mari et lui demanda ce qui n'allait pas. Le commandant répondit par un grognement et sa femme continua à le harceler de questions. Finalement, il lui dit qu'elle avait trop bonne mine pour s'inquiéter vraiment de lui. Elle resta un moment silencieuse, puis elle dit au commandant qu'il était injuste.

Elle vint s'allonger dans son hamac sur la véranda et rêva longtemps. Quand le commandant se fut reposé, il commanda une

douche. Un peu plus tard, lavé, pommadé, il
avait retrouvé ses couleurs. Il avait mis son
complet de lin blanc. Il parcourut le courrier
officiel que le planton avait apporté à
Madame. Elle ne disait mot. Le commandant
sembla l'oublier tout à fait. Il sortit dans le
jardin, s'éloigna un peu de la Résidence, les
mains dans les poches. Il revint vers la
véranda, parut aller vers sa femme mais
obliqua vers le salon.

Madame descendit de son hamac et alla
dans le jardin à son tour. Le commandant
m'appela et m'envoya la chercher. Elle regardait fixement devant elle, le menton entre le
pouce et l'index de la main droite. Elle ne
m'entendit pas venir et sursauta quand je
toussai. Elle m'écouta sans rien dire et me
suivit à la Résidence.

Quand le commandant m'avait appelé, il
m'avait semblé qu'il s'était ravisé au dernier
moment pour m'envoyer chercher Madame. Il
était à moitié allongé sur le divan. Sa main
cachait quelque chose. C'était l'heure de l'apéritif. Quand Madame rentra, je m'éternisai au
salon, auprès de ce réfrigérateur qui était mon
vieux prétexte. Le commandant ne regarda
pas sa femme dans les yeux. Il semblait loin-
tain et amer.

— Qu'est-ce que tu as? lui demanda
Madame, en lui touchant l'épaule.

Le commandant se déroba, puis, m'apercevant, se laissa toucher par sa femme. Il gar-

dait toujours sa main gauche fermée sous la
table. Les yeux de Madame et les miens
convergeaient sur elle. Il leva son verre de sa
main libre et le vida d'un seul trait. Il
demanda du cognac.

— Du cognac, bon Dieu! tonna-t-il.

Il emplit deux verres qu'il but coup sur
coup. Madame voulut l'arrêter. Le commandant retira vivement son bras. Madame
s'enfuit dans sa chambre.

Le commandant voulut se lever, mais il
tomba. Il manqua le divan et s'affaissa sur le
sol. Je l'aidai à se relever. Il me traita de tous
les noms. Jamais je ne l'avais vu ainsi,
même avant l'arrivée de Madame. Il réussit
tant bien que mal à s'asseoir. Il resta longtemps ainsi à regarder le plafond, les mains
croisées sur le ventre. Madame sortit de sa
chambre en coup de vent et m'ordonna de
m'en aller.

— Non! qu'il reste! tonna le commandant.
Reste.

Il s'assit au bord du divan. Il regardait sa
femme qui semblait pétrifiée au milieu du
salon. Soudain, il lança violemment dans sa
direction un objet qui glissa jusque vers le
réfrigérateur. C'était un briquet.... le briquet de
M. Moreau. Je ne l'avais vu qu'une seule fois,
lorsque M. Moreau était venu dîner à la Résidence, mais je le reconnaissais bien.

Madame prit sa tête entre ses mains et se
laissa choir dans un fauteuil.

— Et ça, cria le commandant en désignant le briquet, qu'en dis-tu, hein, madame Decazy?

A ces mots, des sanglots commencèrent à secouer les épaules de Madame. Mais elle ne se laissa pas aller et releva fièrement la tête.

— Boy, laisse-nous! dit-elle d'une voix impérieuse.

— Nous laisser! rugit le commandant. Quel secret y a-t-il encore entre nous? Tous les boys de Dangan sont au courant! Oui! tu couches avec Moreau! le Monsieur que tu trouvais très paysan!...

Madame se leva. Elle allait d'un bout à l'autre du salon tout en se tordant les mains. Le commandant la fixait d'un regard plein de haine. Elle passait et repassait devant lui tout en jetant de brefs coups d'œil sur le briquet. Faisant un tour complet sur elle-même, elle fit face à son mari. Le regard du commandant passa aussitôt par-dessus son épaule puis se perdit vers la fenêtre ouverte.

— Nous n'avons plus rien à faire ensemble, dit le commandant. Tu n'as pas attendu long-temps pour me tromper encore ici... Les indi-gènes étaient au courant bien avant moi!

Il ébaucha un pâle sourire et reprit :

— Pour eux, je n'étais plus que le « Ngo-vina ya ngal a ves zut bisalak a be metua »! Sais-tu ce que cela veut dire? Bien sûr que non! Tu as toujours méprisé les dialectes indigènes... Eh bien, partout où je passe, je ne suis plus que le commandant dont la femme écarte les jambes dans les rigoles et dans les voitures.

— Ce n'est pas vrai! rugit Madame, ce n'est pas vrai!

Elle se mit à sangloter.

— Je ne savais pas que j'avais l'honneur d'avoir été fait cocu par M. Moreau! dit le commandant avec un profond mépris en appuyant sur le mot « Monsieur ». Cette fois-ci, tu as été chercher ton amant dans la boue!

Après une pause, il reprit :

— Tu ne peux savoir à quel point je me dégoûte...

Madame pleurait toujours. Le commandant se rallongea sur le divan.

— Ecoute, mon chéri... dit Madame en levant son visage ruisselant de larmes.

— Je sais, je sais, coupa le commandant en riant du bout des lèvres, je connais la chanson! Ta grande faiblesse! Ta facilité à perdre les pédales! Le conflit de l'âme et de la chair! Eh bien, j'en ai marre! m'entends-tu? J'en ai marre! Tu m'as toujours pris pour un imbécile! Ah! tes sorties en voiture le jeudi! Ce M. Moreau dont tu ne parlais que rarement et avec quel dédain! Tu l'avais invité ici en prétendant que nous ne devrions pas le mépriser parce qu'il n'était pas de notre monde! Ma petite, je te voyais déjà... Les indigènes m'appelaient déjà le « Ngovina ya ngal a ves zut bisalak a be metua » ! Seulement je ne savais pas que c'était avec celui-là !... Et toi ! cria-t-il en levant la tête dans ma direction. C'était toi qui servais d'intermédiaire, hein ? pour une cigarette de Moreau ou pour un cadeau de Madame... hein ?

Il hocha tristement la tête et retomba sur le divan. Madame pleurait toujours. L'horloge de la Résidence sonna minuit.

Le commandant me regarda de biais et je sentis les yeux de Madame à travers les doigts de mes mains. Je dénouai mon tablier. Avant de sortir par la véranda où je l'accrochais tous les soirs après mon travail, je m'inclinai et leur souhaitai bonne nuit.

Le commandant remua sur son divan et se retourna contre le mur. Madame vint fermer la porte sur mes talons.

Dehors c'était une nuit d'aveugle. Une nuit sans étoile ni luciole...

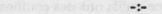

Kalisia m'écoutait, la bouche ouverte. Elle faisait claquer ses doigts d'étonnement de temps en temps. Quand j'eus fini de lui raconter la scène à laquelle j'avais assisté, elle me regarda avec appréhension puis détourna la tête

— Si j'étais à ta place, commença-t-elle, je m'en irais maintenant, alors que la rivière ne

⁺ a pas encore englouti entièrement. Nos
ancêtres disaient qu'il faut savoir se sauver
lorsque l'eau n'arrive encore qu'au genou.
Tant que tu seras là, le commandant ne
pourra oublier. C'est bête, mais avec les
Blancs c'est comme ça... Pour lui tu seras... je
ne sais comment appeler ça... tu seras quelque
chose comme l'œil du sorcier, qui voit et qui
sait. Un voleur ou quelqu'un qui a quelque
chose à se reprocher ne peut jamais se sentir
tranquille devant cet œil-là...

— Mais je ne suis pas le seul à savoir que
Madame couche avec M. Moreau... Le commandant a bien dit que tous les indigènes
étaient au courant... dis-je sans être convaincu
de ce que j'avançais.

Kalisia haussa les épaules et reprit :

— Ça n'a pas d'importance... A la Résidence, tu es quelque chose comme notre... je
ne sais comment dire... quelque chose comme
notre représentant. Je ne parle pas de mon
parent, le cuisinier, ni de Baklu qui ne sont
des hommes que parce qu'ils ont des couilles...
Moi-même, si j'avais la folie d'épouser un
homme, ce serait quelqu'un comme toi... Je
disais donc que puisque tu connais toutes
leurs affaires, ils ne pourront jamais oublier
tout à fait tant que tu seras là. Et ça, ils ne te
le pardonneront pas. Comment pourraient-ils
encore faire le gros dos et parler, la cigarette
à la bouche, devant toi qui sais! Pour eux,
c'esᵗ toi qui as tout raconté, et malgré eux ils

se sentent jugés par toi... Ils ne peuvent
admettre ça... A ta place, je te jure que je
m'en irais et sans même demander mon
mois...

Kalisia me regarda comme si j'allais détaler
à ces paroles. Elle battit ses paumes puis
dénoua son pagne en faisant un gros nœud
sous sa veste.

— Tout mon sang vient de trembler, dit-
elle, c'est comme si j'allais avoir une mauvaise nouvelle ou comme si un triste événe-
ment allait arriver... Je sens toujours ces
choses-là...

Elle évitait de me regarder tant que nous
cheminâmes côte à côte jusqu'à la Résidence.
Pour m'obliger à aller seul, elle s'engouffra
dans un bosquet et me lança :

— Avance seul! Je vais voir M. W.-C. à qui
on ne lève pas le chapeau... mais le pagne!
Son derrière disparut dans une touffe d'herbes.

Avais-je peur? Je ne saurais le dire. Rien de
ce que m'avait dit Kalisia ne me paraissait
étrange. Il y a des choses auxquelles on
n'aime pas penser, mais qu'on n'oublie pas
pour cela. En sortant de la Résidence hier
soir, je m'étais retourné à plusieurs reprises
dans la nuit. Je pensais qu'on me suivait. Je
rentrai chez moi avec un froid dans le dos.
Allongé sur ma natte, je revivais la scène de
la Résidence. Il ne faisait pas de doute que le
commandant avait l'habitude d'être trompé

par sa femme. Je comprends maintenant sa candeur, sa surdité volontaires quand mes compatriotes, après l'avoir salué, criaient « Ngovina ya ngal a ves zut bisalak » sur notre passage. Il se mettait alors à siffler ou bien, pour leur montrer qu'il ne comprenait rien, il se penchait à la portière en portant l'index sur le bord de son casque.

—:—

Aujourd'hui, journée sans histoire, à part l'hostilité toujours croissante du commandant. Il en devient complètement fou. Ses injures et ses coups de pied ont recommencé. Il croit m'humilier ainsi et ne le peut autrement. Il oublie que tout cela fait partie de mon métier de boy, un métier qui n'a plus de secrets pour moi. Je me demande à quoi il pense en m'appelant maintenant, lui aussi, « Monsieur Toundi »...

—:—

J'ai surpris le commandant et Madame en train de s'embrasser. Je croyais qu'il tiendrait plus longtemps. Il avait l'air d'un petit enfant qu'on surprend en train de voler ce qu'il a ostensiblement dédaigné. Après ça, je comprends que Madame puisse en faire tout ce qu'elle veut.

— Tu nous... Tu nous épies maintenant!

Espèce d'idiot! a hurlé le commandant en s'essoufflant.

Il n'osa me regarder de la soirée, tandis que Madame, un petit sourire sur les lèvres, les yeux réduits à deux traits, nous fixait tour à tour en tapotant ses doigts sur la table.

-:-

Tout en parlant à sa femme, le commandant m'écrasait la main gauche. Il avait réussi à me la prendre sous sa semelle pendant une seconde où je ne faisais pas attention alors que je donnais un dernier coup de brosse à ses bottes. Le commandant manque d'imagination et de mémoire. Il a oublié qu'il m'avait déjà fait le coup une fois et que je n'avais pas crié. Il s'en est encore allé sans se retourner, mais cette fois-ci avec le petit pas alerte de l'homme très content de lui.

-:-

Le nez dans son journal, assis sur le divan à côté de sa femme, le commandant faisait semblant de lire. J'achevais de desservir la table dans la chaleur de l'après-midi. Jusque-là, le commandant n'avait pas desserré les dents. Il a le génie des œillades surtout quand elles sont courroucées. Elles m'étaient toutes destinées.

A table, Madame, après lui avoir posé sans

succès des questions sur sa matinée, s'était mise à rêvasser, ne s'interrompant que pour se servir aux plats suivants. Elle lisait maintenant à côté de son mari dont je percevais le mouvement des sourcils au-dessus de son journal.

— Quelle chaleur! dit-il en déboutonnant sa chemise kaki, quelle chaleur!

— Tu n'as qu'à enlever ta chemise et garder ton maillot, lui dit sa femme.

Il déboutonna entièrement sa chemise et la sortit de son short mais ne l'enleva pas. Sa femme le regardait avec indifférence. Elle se replongea dans son roman.

Le commandant demanda un verre d'eau. Au moment où je le lui apportai, il me demanda si l'eau avait été bouillie.

— Comme d'habitude, répondis-je.

Il prit le verre entre le pouce et l'index, le leva jusqu'au niveau de ses yeux, l'éloigna, le leva au-dessus de sa tête, le ramena au niveau de ses yeux, le porta sous ses narines, fit une grimace, le reposa sur le plateau et demanda un autre verre.

Sa femme haussa imperceptiblement les épaules. Je revins au réfrigérateur et profitai de l'instant où le Blanc ne me regardait pas pour cracher — oh! pas grand-chose, deux gouttes seulement — dans un autre verre où je lui versai de l'eau. Il la but d'un trait puis reposa le verre sur le plateau sans me regarder.

Il m'éloigna d'un mouvement nerveux du revers de la main.

Il plia son journal, s'étira puis se leva. Il se mit à respirer bruyamment comme s'il était incommodé par quelque odeur. Son nez, semblable à une girouette, tournait dans tous les sens. Il s'immobilisa en direction d'un volet que la brise avait refermé.

— Ça sent... ça sent... ici... Va ouvrir ce volet, m'ordonna-t-il.

Madame remua ses narines et respira l'air autour d'elle avec un délicat mouvement du buste. Elle regarda son mari qui lui tournait le dos et se mit à lire. Quand j'eus ouvert le volet, je repassai devant le commandant. Il me fit signe au passage de m'arrêter.

— C'est peut-être toi..., dit-il en remuant son nez, c'est peut-être toi...

Madame leva les yeux au ciel. Il m'éloigna d'un mouvement du menton. Il revint sur le divan, déchira un bout du journal et alla caler le volet que je venais d'ouvrir et qui ne s'était pas refermé.

— Quand on a des nègres... il faudrait que toutes les issues soient toujours largement ouvertes..., disait-il en s'évertuant à glisser le papier dans la charnière de la fenêtre.

Il sortit dans la véranda et s'allongea, la poitrine découverte, sur une chaise longue.

Quand tout fut rangé, je m'inclinai devant Madame et filai dans la cuisine. En traversant

la véranda je sentis le commandant se
retourner.

-:-

On m'a arrêté ce matin. J'écris ces lignes,
les fesses meurtries, dans la case du chef des
gardes qui doit me présenter à M. Moreau dès
qu'il sera revenu de tournée.

Cela s'est passé au moment où je servais le
petit déjeuner à mes maîtres. L'ingénieur
agricole, flanqué de Gosier-d'Oiseau, arriva
dans un grand crissement de freins. Ils mon-
tèrent en courant l'escalier et s'excusèrent de
déranger le commandant de si grand matin.

— Il s'agit de votre boy, dit Gosier-d'Oiseau
en obliquant son cou dans ma direction.

La cafetière me tomba des mains et s'écrasa
sur le ciment.

— Il sait pourquoi nous venons, ajouta
Gosier-d'Oiseau en s'excitant. N'est-ce pas
mon z'ami?

Le commandant repoussa sa tasse, s'essuya
la bouche et se retourna vers moi. Madame
souriait en relevant le coin gauche de sa
bouche. L'amant de Sophie était un peu dés-
emparé. Il demanda à Madame la permission
de fumer une cigarette qu'il ne put allumer
du premier coup. Seul, Gosier-d'Oiseau semblait avoir tout son calme.

— Voilà..., commença-t-il, la cuisinière de
M. Magnol a disparu avec la paie des
manœuvres.

— Je m'en suis rendu compte à six heures, coupa l'amant de Sophie avec un petit tremblement dans la voix. La cassette avait disparu de mon bureau. J'ai appelé ma cuisinière-boy que vous connaissez, continua-t-il en s'inclinant vers le commandant. Sa chambre était vide... La sa..., la...

Il toussa pour ne pas terminer son mot et pour dissimuler qu'il allait se reprendre alors qu'il était trop tard, puis il rougit.

— Elle avait filé avec ma cassette et mes vêtements, reprit-il, et ses nippes...

A son regard, j'ai cru qu'il allait me couper la tête.

— Il paraît que c'est la fiancée-maîtresse de votre boy, dit Gosier-d'Oiseau, très fier du nom composé qu'il venait d'improviser. Aussitôt que M. Magnol m'a alerté, j'ai bloqué la frontière. Mes hommes fouillent le quartier noir... Nous avons pensé que votre boy...

— Combien contenait la cassette? demanda le commandant.

— Cent cinquante mille francs, répondit l'ingénieur agricole, cent cinquante mille francs...

— Je vois, dit le commandant en me regardant.

Sa femme lui murmura quelque chose à l'oreille. Il écarquilla les yeux. Ils discutèrent un moment. Le commandant se racla la gorge et me désigna du doigt.

— Eh bien toi! qu'en dis-tu?

— ...

— Tu connais la personne dont il s'agit?

— Oui, mon commandant.

— Où est-elle?

— ...

Il me regarda avec cette expression de satisfaction qui faisait gonfler le dessous de son menton tout en déséquilibrant ses épaules. Puis après une petite discussion avec sa femme, il se frotta les mains et reprit sans me regarder :

— Eh bien, tu vas t'arranger avec ces messieurs...

Gosier-d'Oiseau remua son cou, l'amant de Sophie poussa un soupir. Madame appela Kalisia.

— Donne-lui ton tablier, dit le commandant sans me regarder.

— Allez! Viens! dit Gosier-d'Oiseau en se levant.

L'amant de Sophie sortit le premier. Ils s'excusèrent encore auprès du commandant et de sa femme. Je suivis les deux Blancs. De grosses larmes coulaient sur les joues de Kalisia tandis qu'elle nouait mon tablier qui lui arrivait jusqu'aux chevilles. Madame, en sautillant comme une petite fille, courut vers son parterre de fleurs.

Baklu et le cuisinier n'étaient pas encore arrivés. La sentinelle maudit tous les Blancs dans notre langue.

Gosier-d'Oiseau et l'amant de Sophie

étaient venus dans une jeep. Pour m'empêcher de me sauver, Gosier-d'Oiseau monta
derrière avec moi. L'amant de Sophie conduisait. Nous prîmes la direction du commissa-
riat de police. Gosier-d'Oiseau me tenait par
la ceinture. De temps en temps, il m'écrasait
le gros orteil avec ses brodequins tout en me
regardant profondément. L'ingénieur agricole
conduisait à toute allure. La jeep, tout en
cahotant, semait la panique sur notre passage.

— Que t'est-il arrivé? me criaient mes
compatriotes dans notre langue, tout en agitant leurs mains.

Gosier-d'Oiseau me tirait alors un peu plus
fort pendant que sa semelle cloutée montait
sur mon pied. Nous traversâmes ainsi tout le
centre commercial. Nous obliquâmes vers le
camp des gardes et nous nous arrêtâmes
devant un petit hangar à la tôle lépreuse où
flottait un drapeau tricolore. C'était le com-
missariat de police. Tout en me tirant, Gosier-
d'Oiseau sauta de la voiture. Je retombai
lourdement à ses pieds. Je saignais déjà aux
genoux. Un garde vint en courant et s'immobilisa au garde-à-vous. Gosier-d'Oiseau me
poussa vers lui. Pour manifester son zèle, le
garde me frappa violemment la nuque du
tranchant de la main. Je ne vis qu'une
énorme étincelle jaune.

Quand je revins à moi, j'étais étendu à
même le sol. Gosier-d'Oiseau à califourchon

sur mon dos me faisait faire des mouvements respiratoires.

— Ça y est, dit l'amant de Sophie en me retournant, il revient à lui...

On me releva. Gosier-d'Oiseau me demanda où était Sophie.

— Peut-être en Guinée espagnole, répondis-je.

— Comment le sais-tu? rugit son amant.

— Elle me l'avait dit...

— Quand? hein, quand?

— Il y a huit mois...

— Tu savais qu'elle allait faire le coup hier soir? dit Gosier-d'Oiseau.

— Non, Monsieur, répondis-je.

— Et comment sais-tu qu'elle allait partir en Guinée espagnole?

— Elle me l'avait dit... il y a huit mois, répétai-je.

— Et pourtant tu étais son amant?

A ces mots, le visage de M. Magnol se rembrunit. Il me regarda dans les yeux tout en m'empoignant par le col de mon tricot.

— Avoue! tonnait-il en m'obligeant à respirer son haleine fétide, mais avoue donc!

Une terrible envie de rire me prit. Les Blancs en parurent sidérés. L'amant de Sophie me relâcha. Gosier-d'Oiseau haussa les épaules.

— Ce n'est pas mon genre de femme... dis-je en m'adressant à Gosier-d'Oiseau. Ce n'est

pas mon genre.... Je l'ai toujours écoutée sans
la voir...

Les mains de Magnol tremblèrent. Je pensai
qu'il allait se jeter sur moi. Mille tics se multi-
plièrent sur son visage. Plusieurs onomato-
pées lui échappèrent.

— Ce sera difficile avec celui-là, dit Gosier-
d'Oiseau. Je ne crois pas qu'on en tirera
quelque chose. Nous irons faire une perquisi-
tion chez lui cette nuit...

Il appela le sergent des gardes et lui murmura quelque chose à l'oreille. Le garde me
passa des menottes et me poussa devant lui.
Nous allâmes dans sa case.

Le chef des gardes s'appelle Mendim me
Tit. C'est le nom le plus drôle que je
connaisse. On peut le traduire en français par
« eau de viande ».

C'est une espèce d'homme-hippopotame
devant lequel il faut savoir battre en retraite
si l'on ne tient pas à aller frapper chez saint
Pierre sur-le-champ.

Quand j'étais à la Résidence, je lui disais
souvent bonjour et m'arrangeais toujours à
avoir une conversation avec lui. Il m'écoutait,
ses énormes bras derrière le dos tandis que
ses yeux à fleur de tête, extraordinairement
mobiles, semblaient vouloir capter chaque
mot qui s'échappait de mes lèvres. Il riait
parfois et c'était ce que je redoutais le plus.
C'était un barrissement d'éléphant qui égayait

son visage figé dans une éternelle grimace qui me broyait les tripes.

Il n'était pas de chez nous. On l'avait fait venir de quelque part du côté du Gabon. Son arrivée avait fait époque à Dangan.

Quand nous fûmes dans la case, le garde m'enleva les menottes.

— Comme on se retrouve, Toundi! dit-il en me tapotant l'épaule. Ici, il n'y a pas de danger, mais quand tu seras chez Moreau...

Il termina avec un geste évasif. Le garde qui m'avait conduit claqua les talons et s'éloigna. Mendim me Tit me tapota encore l'épaule.

— On ne t'a pas encore beaucoup abîmé, dit-il en me considérant. Si on t'a envoyé ici, c'est pour ça... Nous allons donc nous arranger. Il faut que tu sois en sang, on va te verser un peu de sang de bœuf sur ton short et sur ton tricot... Tu sais crier?

Nous nous mîmes à crier.

— Pour eux, n'étant pas d'ici, je dois être impitoyable.

Nous passâmes la journée à jouer aux cartes.

Il était environ onze heures quand Gosier-d'Oiseau et l'amant de Sophie vinrent au camp des gardes. Après m'être aspergé de sang de bœuf, je m'étais allongé et gémissais...

Gosier-d'Oiseau braqua sa torche électrique sur mes yeux et m'empoigna par les cheveux. Je ne sais comment j'étais parvenu à pleurer tout à fait. Je m'étais exercé à pousser de petits cris et quand ils arrivèrent je pleurais comme jamais je n'avais pleuré de ma vie.

— Bien, dit Gosier-d'Oiseau en lâchant ma tête, on va pouvoir aller fouiller chez lui. Où est Sophie ? me demanda-t-il encore en me saisissant à la nuque.

— ...

— Il est coriace, dit l'amant de Sophie pour l'exciter.

— C'est ce que nous verrons, dit Gosier-d'Oiseau en me décochant un coup de pied dans les reins.

On me fit monter derrière la jeep avec Mendim. Gosier-d'Oiseau s'assit à côté de l'amant de Sophie. Nous démarrâmes.

La lumière des phares creusait une allée lumineuse dans l'amoncellement des ténèbres sous lesquelles Dangan s'était assoupie. Elle nous dévoila la dernière maison du quartier européen. Après avoir gravi la colline voisine, nous commençâmes à descendre l'autre versant au pied duquel s'étend, dans un ancien marécage, le quartier indigène. Il fut bientôt en vue. Des chèvres, attirées par la lumière insolite de l'automobile, se groupaient dans la zone lumineuse. L'amant de Sophie, énervé, donna d'abord de grands coups de volant pour les éviter. Il se lassa et la jeep, fonçant sur les bêtes, nous conduisit avec force embardées à travers le dédale de ces cases en poto-

poto décrépies où j'eus un peu de mal à reconnaître ma masure.

— C'est là que j'habite, dans cette case éclairée par les phares, dis-je.

Nous nous arrêtâmes. Gosier-d'Oiseau vint me parler presque à l'oreille.

— Fais comme si tu rentrais normalement de ton travail... Fais pas de blague ou...

Il me poussa devant lui. Je frappai à la porte, il y eut un moment de silence puis j'entendis un grommellement que je reconnus.

— C'est moi, Toundi! criai-je.

— D'où viens-tu à cette heure? poursuivit le grommellement qui devenait de plus en plus proche.

— De mon travail, répondis-je.

— C'est toi qui fais toute cette lumière? N'aurais-tu pas le soleil dans ta poche par hasard?

Un bruit de bois qu'on déplace et la porte s'ouvrit. Aveuglé par les phares, mon beau-frère porta instinctivement son avant-bras à ses yeux et rajusta son pagne.

— Tu aurais pu me dire que vous étiez... Mais... tu es avec des Blancs...

Il fit d'abord un large sourire puis s'inclina devant Gosier-d'Oiseau et devant l'amant de Sophie. Il se retourna vers moi et porta sa main à sa bouche quand il vit les taches rouges sur mon tricot.

— Qu'est-ce qu'il y a? Qu'est-ce qu'il y a, mon frère? me demanda-t-il affolé.

— C'est toujours moi, Joseph... Vous auriez dû éteindre les tisons, la case est tout enfumée...

— C'est elle! cria Gosier-d'Oiseau en me saisissant par les épaules.

— C'est ma sœur, répondis-je en m'esclaffant. C'est seulement ma sœur...

— Qu'elle sorte dans la lumière! fulminait-il.

— Viens te faire voir, lui dit son mari.

Ma sœur apparut, un drap d'une propreté douteuse autour de son corps. Gosier-d'Oiseau se retourna vers l'ingénieur agricole.

— Ce n'est pas elle ! dit-il avec impatience.

— Joseph, qu'as-tu fait ? me demanda-t-elle. Pourquoi ces Blancs t'accompagnent?

Elle avait des larmes dans la voix.

— Qu'as-tu fait, mon Dieu? continuait-elle. Qu'as-tu fait ?

— Rien, répondis-je. Rien...

Elle avança et toucha mon tricot. Le cri violent qu'elle poussa troubla le silence de la nuit.

— Qu'est-ce qui se passe ? Qui est-ce qui est mort? demanda quelqu'un.

— Les Blancs sont venus arrêter Joseph, psalmodiait-elle. Ils vont le tuer... Son dos est en sang...

Le quartier indigène se réveillait étrange-

ment. Il m'apparut que personne ne dormait
plus dans les cases. Un grand cercle s'était
formé autour de nous. Enveloppés dans des
couvertures ou des pagnes, mes compatriotes
se pressaient autour de nous. Les femmes
étaient les plus insupportables. Elles gémis-
saient de toutes leurs voix stridentes en se
tirant les cheveux autour de ma sœur qui
n'arrêtait pas de crier que les Blancs allaient
tuer son frère, son frère unique au monde.

Je me sentais gêné. Cette coutume de pleurer inutilement aux malheurs des personnes
de connaissance m'exaspérait.

Gosier-d'Oiseau demanda le silence. Il
avança dans la foule tout en brandissant son
fouet. Un vide se fit devant lui. Il parla tout
bas à l'amant de Sophie. Il fit un geste au
garde qui m'empoigna par l'épaule. Il m'em-
pêcha de suivre les Blancs dans la case.

— Restez tous dehors! dit Gosier-d'Oiseau,
on va fouiller...

— Ce sont encore mes gargoulettes qui vont
voler en éclats, dit ma sœur en gémissant, mes
pauvres gargoulettes...

Elle voulut suivre les Blancs mais le garde
la repoussa.

— Qu'ils ne mangent pas mes bananes!
s'obstina ma sœur. Que Gosier-d'Oiseau ne
mange pas mes bananes ! vociféra-t-elle.

Un rire parcourut la foule. Le garde lui-même appliqua sa large paume contre ses lèvres pour cacher son rire.

Les Blancs s'affairaient dans la case. Ils précipitaient à grands coups de pied dans la cour tout ce qui était susceptible d'en recevoir un. Aux bruits qu'ils faisaient on eût pensé que l'orage soufflait dans la case... On sortit le matelas de feuilles mortes de bananiers cousues dans une vieille toile de sac. Gosier-d'Oiseau sortit son canif, fendit le matelas, puis commença à examiner chaque feuille morte. Le garde et l'amant de Sophie l'imitèrent. Ils ne tardèrent pas à abandonner leur besogne. L'amant de Sophie se releva le premier et s'essuya les doigts avec son mouchoir. Gosier-d'Oiseau appela mon beau-frère.

— Tu comprends le français? demanda-t-il.

Mon beau-frère répondit non en hochant la tête à droite et à gauche. Gosier-d'Oiseau tourna son cou vers le garde qui joignit les talons et vint se placer entre le Blanc et mon beau-frère.

— Demande-lui s'il connaît Sophie, dit Gosier-d'Oiseau au garde.

Le garde se tourna vers mon beau-frère.

— Le Blanc demande si tu sais que la femme que nous cherchons est la bonne amie de Toundi, dit-il dans notre langue.

Mon beau-frère leva spontanément son bras droit. Il replia son pouce sur son index

recourbé. Son auriculaire, son annulaire et
son majeur restèrent fièrement tendus. Cela
signifiait qu'il jurait directement devant la
Sainte Trinité ce qu'il allait dire. Il promena
sa langue sur ses lèvres puis d'une voix de
basse rauque dit qu'il n'y avait rien entre
Sophie et moi et que s'il mentait « que Dieu
le foudroie sur place ».

— Qu'il me tue! cria-t-il.

Le garde traduisit que mon beau-frère était
un bon chrétien. Les Blancs, étonnés, le regardèrent. Le garde ne se laissa pas démonter et
continua :

— C'est un bon chrétien qui ne jure pas
pour rien. Il jure la vérité qu'il ne sait rien...

— Et sa femme ? dit Gosier-d'Oiseau en
désignant ma sœur du doigt.

Elle leva aussi sa main droite. L'amant de
Sophie ne la laissa pas commencer.

— Bon, ça suffit comme ça! tonna-t-il. Personne ne connaît Sophie... même toi, hein,
continua-t-il en me regardant.

— Dis-leur que celui qui nous dira où
se cache Sophie recevra un cadeau, dit Gosier-
d'Oiseau au garde quand nous sortîmes de la
case.

Le garde battit des mains puis s'adressa à
la foule qui fondait de plus en plus dans la
nuit.

— Si vous voulez avoir beaucoup d'argent,

dit-il, dénoncez Sophie... Vous pourrez même avoir une médaille...

— Pour qui nous prennent ces incirconcis! lança quelqu'un.

— Bien, dit Gosier-d'Oiseau en me regardant. On va te mettre en lieu sûr pendant que continuera l'enquête. En voiture!

Pour lui montrer qu'il s'acquittait bien de sa tâche, Mendim me poussa violemment vers la jeep. Un murmure d'indignation monta de la foule.

Gosier-d'Oiseau s'assit à côté de l'amant de Sophie qui, d'un coup de poing, ébranlait de temps en temps le volant tout en marmonnant : Ça, alors... ça alors... » Il fit marche arrière et donna un coup de volant qui sema la panique sur notre passage .

— Donne-lui vingt-cinq coups de chicotte, dit Gosier-d'Oiseau au garde quand nous fumes revenus au camp des gardes.

Je m'étendis à plat ventre devant le garde. Gosier-d'Oiseau lui tendit le nerf d'hippopotame qu'il ne quitte jamais. Le garde le fit siffler vingt-cinq fois sur mes fesses. Au début je ne voulais pas crier. Il ne fallait pas que je crie. Je serrais les dents tout en m'efforçant de penser à autre chose. L'image de Kalisa se présenta devant mes yeux. Celle de Madame lui succéda, puis celle de mon père... Tous les événements de la journée défilèrent devant mes yeux...

Derrière mon dos, Mendin s'essoufflait.

— Crie, bon Dieu ! Mais crie donc ! gueulait-il dans notre langue, ils ne me diront jamais d'arrêter tant que tu ne crieras pas...

Le garde compta vingt-cinq puis se retourna vers les Blancs.

— Passe-moi la chicotte, dit Gosier-d'Oiseau.

Il fit siffler le nerf d'hippopotame sur le dos du garde qui poussa un barrissement de douleur.

— Là! c'est comme ça qu'il faut frapper! Recommence!

Mendin retroussa les manches de sa veste kaki, les lèvres tordues de douleur.

— Crie! Crie donc! pleurait-il en s'acharnant sur moi, as-tu de la merde dans les oreilles?

— Ta gueule! lui cria l'amant de Sophie en me décochant un coup de pied sous le menton. Stop! Stop... Stop! ajouta-t-il.

Mendin s'arrêta.

— Demain, rien à manger... compris? dit Gosier-d'Oiseau en me retournant du pied. Tu me l'amèneras au bureau après-demain. Chicotte toute la journée... compris?

— Oui, chef, dit le garde.

Les Blancs s'en allèrent.

Je ne pouvais vraiment pas prévoir que je passerais la nuit dans la case de Mendim me

Tit. Il somnole devant moi, la bouche ouverte,
tassé dans un vieux fauteuil comme un vieux
pardessus.

— Je crois que j'ai fait aujourd'hui quelque chose que je ne pourrai jamais oublier ni
expier... m'a-t-il dit quand les Blancs furent
partis.

Ses gros yeux se voilèrent de larmes.

— Pauvre Toundi! Pauvres de nous... gémis-
sait-il.

-:-

*Deuxième nuit
au camp des gardes.*

Nous sommes une vingtaine de « gens-qui-
ont-des-histoires » à distribuer l'eau à tous les
Blancs de Dangan. C'est la corvée d'eau. La
fontaine est à plus d'un kilomètre du quartier
blanc de la ville, au pied de l'éminence sur
laquelle s'étend l'agglomération.

Ma touque était trouée. Je l'ai calfatée
comme j'ai pu avec de l'argile. L'eau coulait
quand même sur mes épaules. Le plus pénible
était de gravir la colline, une touque d'eau sur
la tête, avec un garde qui nous faisait avancer
à coups de fouet. Nous descendions en courant à la fontaine et ainsi de suite... A midi,
j'ai pensé que ma tête allait flamber. Heureusement que j'ai des cheveux durs et crépus

sur lesquels ma touque d'eau était posée
comme sur un coussin.

J'ai éprouvé un certain plaisir à penser que
ni le commandant, ni M. Moreau, ni l'amant
de Sophie... ni aucun Blanc de Dangan
n'eussent tenu le coup à notre place...

A midi, visite de Kalisia :

Rire succédant aux larmes et inversement.
Un paquet de cigarettes.

Nouvelles de la Résidence :

On ne parle plus de moi, il paraît que le
commandant et Madame filent ou font semblant de filer le parfait amour.

A une heure, visite de Baklu :

Tremblement des lèvres. Un peu d'argent.

Nouvelles de la Résidence :

On m'a complètement oublié. Madame file
le parfait amour avec son mari... mais vient
de temps en temps regarder à la fenêtre les
voitures qui passent. Madame tiendrait-elle à
voir M. Moreau rentrer? Il doit forcément
passer devant la Résidence. Il n'y a pas
d'autre route qui le conduise chez lui...

Visite de ma sœur :

Beaucoup de larmes. A la voir, on dirait
qu'elle a perdu son mari. N'a pas touché l'eau
depuis qu'on m'a arrêté. Traces de larmes et
de morve sur son visage sale. Drôle de façon
d'exprimer sa douleur en se rendant repous-

sante. C'est la coutume. Avec ses larmes, elle empoisonnera son mari tant que je serai ici et le pauvre homme n'osera plus lui demander à manger.

Elle m'a apporté un peu d'argent, juste de quoi mettre dans la grande main de Mendim, mon ange gardien. Elle m'a conseillé le calme comme si j'en avais besoin pour ne pas déchaîner les Blancs.

Pauvre sœur! Elle est tout à fait notre mère par ses conseils, avec sa petite mine soucieuse et ses yeux embués de larmes. Ça m'a fait quand même quelque chose...

Visite de mon beau-frère :
Nous avons l'habitude de discuter, en procédant par des questions auxquelles répondent d'autres questions. Après la première émotion de nous revoir sous l'œil du garde, mon beau-frère me révéla qu'il était là par un « Où allons-nous? » et « Que sommes-nous, nous autres?... » tout en agitant les bras.

Je n'ai trouvé rien à dire sinon que je lui ai posé la même question lorsqu'il s'en alla.

Visite d'Obebé le catéchiste :
Petit vieillard fatigant qu'il faut supporter avec beaucoup de courage. M'a fait un long commentaire sur la Passion de Notre-Seigneur. Il doit me prendre pour un nouveau Christ. Il me conseille le pardon, me parle de

la récompense et des bienfaits de Dieu, du ciel comme si je devais m'y rendre dans quelques jours.

N'empêche que le coquin souffre encore de sa blennorragie d'avant-guerre et qu'il a partagé notre maigre repas. Il a promis de revenir demain.

Mendim va m'en débarrasser.

–:–

Corvée d'eau.

Eau et sueur. Chicotte. Sang.

Colline abrupte. Montée mortelle. Lassitude.

J'en ai pleuré.

–:–

J'ai vomi du sang, mon corps m'a trahi. Je sens une douleur lancinante dans ma poitrine, on dirait que mes poumons sont pris dans un hameçon.

Ce matin, Mendim m'a conduit chez Gosier-d'Oiseau qui n'a d'abord rien voulu entendre sur mon mal.

— On ne me couillonne pas facilement comme ça, disait-il en raidissant son cou, on ne me couillonne pas facilement, mon z'ami...

Il se leva de son bureau et vint tourner ma tête dans tous les sens. Il posa une main humide sur mon front, fit une grimace puis tâta mon pouls.

— Bon, dit-il en retournant à sa place.

Il sortit un cahier et me demanda mon nom. Quand il eut fini d'écrire, il tendit le cahier à Mendim qui claqua les talons.

— Conduis-le chez le docteur, dit le Blanc au garde, on va tirer ça au clair... Quant à toi, dit-il, en me regardant dans les yeux, ne crois pas que cela m'empêchera de reprendre mon interrogatoire cet après-midi.

Nous sortîmes.

De l'hôpital, je ne connaissais que les murs décolorés qui avaient été jaunes et que j'apercevais au-dessus de la haie d'hibiscus quand je me rendais au marché. Deux endroits terrorisaient les indigènes de Dangan, la prison et l'hôpital, que tout le monde appelle ici la « Crève des nègres ».

Enfin nous arrivâmes.

L'hôpital de Dangan est situé entre le Centre administratif et le Centre commercial. Il comprend une dizaine de petites maisons uniformes, groupées autour d'une pelouse au centre de laquelle se dresse, rouge et jaune, la salle d'opérations.

Un infirmier indigène nous aperçut et vint au-devant de Mendim, le bras tendu, un large sourire sur les lèvres. A son exubérance, je compris qu'il avait peur. Il avait peur de Mendim, comme tous ces passants qui s'étaient fébrilement découverts sur notre passage. Il offrit spontanément une cigarette à Mendim. Désolé qu'il ne fumât pas, il fouilla dans ses poches et en sortit une noix de kola. Mendim lui sourit. L'infirmier en parut soulagé. Il fendit la noix en deux morceaux. Il en tendit un à Mendim et lança l'autre dans sa bouche. Leurs mâchoires remuèrent en même temps. L'infirmier fit une petite grimace.

— Qu'est-ce qu'il a ce lascar? demanda-t-il, est-ce encore un prétexte?...

Mendim enfonça la tête dans ses épaules et arrêta de mâcher. Il cracha entre les jambes de l'infirmier.

— Je te présente mes excuses... dit l'infirmier au garde, nous avons souvent des malades imaginaires parmi vos prisonniers...

Mendim cracha encore sur ses souliers. L'infirmier s'écarta de notre passage.

— Je suis dés... dés... désolé... olé... bégaya-t-il derrière nous.

— Ils sont tous comme ça, me dit Mendim, tous les mêmes... Il sait qu'un jour ou l'autre nous nous retrouverons... Pour cela il dit des bêtises...

Nous nous dirigeâmes vers le dispensaire. Les malades, en rangs par deux, attendaient derrière une porte sur laquelle on lisait « Cabinet du Médecin ». Comme le rang aurait pu être plus long que la véranda, le

garde qui faisait l'ordre réussissait le tour de
force de faire tenir tout le monde dans ce
petit espace. Tous les malades, et toutes les
maladies du monde se côtoyaient, se bouscu-
laient, suaient, s'écrasaient, avec un mouvement de flux et de reflux selon qu'on ouvrait
ou refermait la porte. Il y avait des pianiques
boutonneux comme des boutures de manioc,
des lépreux à la peau ampoulée et fendillée,
des sommeilleux toujours ailleurs, des
femmes enceintes, de vieilles femmes, des
bébés pleurnichards, etc.

Aussitôt qu'il aperçut Mendim, le garde se
mit au garde-à-vous. Mendim commanda :
« Repos ». Parmi les malades, il nous fraya le
chemin à coups de fouet. Il frappa lui-même
à la porte du cabinet. Un autre était derrière
la porte. Il l'entrouvrit. Dès qu'il vit Mendim,
il sortit et nous laissa entrer avec force révé-
rences.

— Il n'y a personne encore, dit-il, il n'est
que dix heures... Pour le moment, le médecin
indigène est en train de faire une opération.
La consultation commencera dès qu'il aura
fini... Quant au docteur blanc, il n'est jamais
là... D'ailleurs il vient de passer capitaine...

Je m'assis sur un banc. J'avais soif. Il me
semblait qu'une aiguille traversait mes poumons de part en part. Je ne pouvais pas respirer profondément. Le poids que je sentais sur
mes côtes m'en empêchait. Mendim s'était
assis en face de moi. Il feuilletait et refeuille-

tait le cahier de visites tout en dodelinant de
la tête.

— Pourquoi ne m'as-tu pas dit que tu avais
reçu un coup de crosse sur la poitrine hier?
me demanda-t-il à brûle-pourpoint.

— ...

— Tu sais, les coups de crosse de Djafarro
ne pardonnent pas, reprit-il. J'avoue que je ne
comprends pas... Vos compatriotes du Nord
sont vraiment d'une inhumanité...

Un grand mouvement se fit derrière la
porte. Le médecin indigène entra. Il nous
serra la main, accrocha son casque et s'assit à
son bureau.

C'est un homme qui doit aller vers ses
quarante ans, mais sa minceur lui donne une
tournure juvénile que trahit le tatouage qu'on
faisait entre les sourcils quelques années
après la Première Guerre mondiale.

Il me dit de me déshabiller. Il promena son
stéthoscope sur mon dos, l'appliqua sur ma
poitrine en me disant de respirer. Il fronça les
sourcils, parut pétrifié, mais après une frac-
tion de seconde, son visage redevint impassible. Il retira l'appareil de ses oreilles,
alluma une cigarette, quitta sa chaise et vint
s'asseoir sur la table de son bureau.

— Encore un coup de crosse... commença-t-
il. Il faut que je fasse une radio... Malheu-
reusement, ce n'est pas moi qui ai les clés de
la salle où se trouve l'appareil. Et le médecin
chef n'est pas là...

Il se leva et écrasa violemment sa cigarette dans le cendrier.

— Il n'est pas là... Jamais là... disait-il comme pour lui-même.

Il vint à moi et me posa la main sur l'épaule.

— On va t'hospitaliser... N'aie peur de rien... Tout ira bien. Je vais faire un rapport au commissaire de police.

Il écrivit pendant dix minutes puis remit la lettre à Mendim qui claqua les talons et s'en alla. Le médecin appela un infirmier.

— Il n'est pas là, répondit un autre qui s'engouffra dans le cabinet, un bocal sous l'aisselle.

— Pli d'arcol... dit-il en posant bruyam ment le bocal sur la table, pli d'arcol...

Il enleva sa calotte et s'essuya le front. C'était une énorme grenouille au visage écrasé, si écrasé qu'on aurait cru qu'on l'avait rentré d'un coup de poing. Il mettait son gros ventre à l'aise en ne boutonnant ni sa veste ni sa blouse. Une petite chaîne en or disparaissait dans l'un des mille replis de son cou de taureau pour réapparaître sur sa pomme d'Adam où un Christ, ici en métal, subissait le supplice du bain de la sueur du gros nègre.

Le médecin le regarda avec indifférence et lui montra la porte. L'infirmier vacilla, prit le bocal et se dirigea en zigzaguant vers la porte.

— Oui, oui, oui, oui,.. disait-il en riant, oui, oui, chef...

L'odeur d'alcool et d'éther qui empuantissait le cabinet s'en alla avec lui.

J'avais froid. Bien que le soleil fût de plomb, mes dents claquaient. Une langueur m'engourdit. Je me sentais léger, mille soufflets de forge accélérant ma respiration. Mes pensées étaient au point mort. La blouse blanche du médecin me recouvrait et recouvrait toute la salle. Elle flottait là-bas, sur la tombe du père Gilbert, sur sa motocyclette, sur le « broyeur des Blancs »... J'étais au faîte du fromager, oui, là-haut dans ses branches. A mes pieds s'étendait le monde, un océan de lépreux, de pianiques, de femmes enceintes éventrées, de vieillards visqueux où des millions de Gosier-d'Oiseau, juchés sur des tertres à termitières, faisaient l'ordre à coups d'hippopotames... Je pris mon élan sur ma branche et fonçai, tête baissée, faisant un plongeon de mille kilomètres sur ce monde où ma tête éclata comme une bombe. Oui, je n'étais plus qu'une nuée, une nuée de lucioles, une poussière de lucioles qu'emporta le vent... et ce fut le noir...

Quand je revins à moi, j'étais couché sur une natte dans un lit de bois, isolé dans une cabine dont les cloisons descendaient à une certaine distance du sol. De mon lit, je ne voyais que les pieds des gens. La poignée de la porte de ma cabine tourna. Je fermai les yeux.

— Il n'est pas encore réveillé, dit une voix que je reconnus être celle du médecin africain.

Il prit mon poignet et posa sa main sur mon front puis s'en alla. La poignée de la porte tourna à nouveau. J'entendis un bruit de pieds nus. Cela devait être un Noir de ma condition. J'ouvris les yeux et vis un visage balafré sous une chéchia écarlate. Il se tenait au garde-à-vous. C'était un Sara. Je lui fis comprendre par gestes que j'avais soif. Il me menaça de sa baïonnette. Je restai coi. J'avais terriblement mal à la tête.

A six heures, le médecin africain revint, accompagné cette fois-ci du docteur blanc et de Gosier-d'Oiseau. Ils soulevèrent ma couverture tout en écoutant les explications du médecin indigène. Il disait que je devais avoir une côte cassée qui aurait atteint une bronche.

— Nous verrons cela demain, dit le docteur blanc. D'ailleurs il n'a que...

Il regarda ma courbe de température.

— ... 39° 5 de température. Ce n'est pas grave pour eux... Il n'y a pas de danger qu'il se débine, ajouta-t-il pour rassurer Gosier-d'Oiseau.

On me fit avaler des comprimés. Le médecin noir remonta ma couverture. Ils s'en allèrent.

A minuit, je faisais le ronfleur. Les Blancs étaient revenus seuls. Le docteur répétait aux autres ce que lui avait dit le médecin indigène. J'ouvris imperceptiblement les yeux. M. Moreau était là. Comme il paraissait heureux en se dandinant sur ses jambes!

— Il faut qu'il ait son châtiment, disait-il, soignez-le et envoyez-le-moi. C'est un élément dangereux... Je saurai le faire avouer. Je m'en occuperai dès demain...

Les Blancs s'en allèrent.

L'infirmier qui faisait la ronde vint me voir. Il portait sa blouse directement sur son slip. Il me regarda profondément et prit ma main.

— Non, commença-t-il, je ne crois pas que tu aies fait ce qu'on te reproche. Je ne me trompe jamais. Tu n'as pas une tête à faire une chose pareille... Il y a autre chose là-dessous... D'ailleurs je me demande pourquoi tu es un malade aussi important... Quand les Blancs ont juré d'avoir quelqu'un de nous, ils l'ont toujours... Moi, je me demande ce que tu fiches encore ici?... Personne ne te croira tant que la vérité ne sortira que de ta bouche... et ça, c'est la vérité. Tu n'es plus bon que pour la Guinée espagnole ou... pour le « Bekôn (1) »...

Il me donna cent francs et s'en alla.

Je me sentais mieux.

1. Cimetière des prisonniers.

Il faut que je me sauve... Je m'en irai en Guinée espagnole... M. Moreau ne m'aura pas.

Le garde ronfle déjà. L'horloge de l'hôpital a sonné trois heures du matin.

Je vais courir ma chance, bien qu'elle soit très mince...

FIN

*Achevé d'imprimer en avril 1991
sur les presses de l'Imprimerie Bussière
à Saint-Amand (Cher)*

PRESSES POCKET - 8, rue Garancière - 75285 Paris
Tél. : 46-34-12-80

— N° d'imp. 1324. —
Dépôt légal : 2° trimestre 1970.
Imprimé en France